Paul   Heyse

Der Jungbrunnen

Neue Märchen von einem fahrenden Schüler

Paul   Heyse

Der Jungbrunnen
Neue Märchen von einem fahrenden Schüler

ISBN/EAN: 9783337358983

Hergestellt in Europa, USA, Kanada, Australien, Japan

Cover: Foto ©Andreas Hilbeck / pixelio.de

Weitere Bücher finden Sie auf **www.hansebooks.com**

Der Jungbrunnen.

Neue Märchen

von
einem fahrenden Schüler.

Berlin.
Verlag von Alexander Duncker,
Königl. Hofbuchhändler.
1850.

Vorwort.

Es wird sich Mancher wundern, in der traurigen Zeit lustige Märchen auftauchen zu sehn und ein lachendes Gesicht zu gewahren, nachdem kaum die Meduse des Bürgerkriegs den Blick gesenkt hat, mit dem sie die Furcht auf allen Wangen versteinerte. Auch den lachlustigen Mund des fahrenden Schülers hatte das Gespenst starr gemacht, daß sich nur noch ein schmerzlicher Spott darauf regen mochte, und der wäre diesen Märchen übel zu Gesicht gestanden. Es sei daher bemerkt, daß sie schon im Jahr 1847 geschrieben wurden, wo der Humor noch im Stande der Unschuld war und im Flügelkleide harmlos herumlaufen durfte. Der gute Junge hat schnell ein Mann werden und sich an die Waffen gewöhnen müssen.

Daß aber das kleine Buch jetzt dennoch in die Welt tritt, bedarf kaum der Rechtfertigung, wenn es überhaupt je würdig war, vor so Vieler Augen zu kommen. Schnitzt man doch an den Stock, mit dem man auf Berge wandert und sich in bösen Händeln durchhilft, ein Pfeiflein, und wenn es eine ordentliche Flöte ist, um so besser! – Dann aber das junge Geschlecht, deren unschuldigen Augen die Gorgo noch nichts anhaben konnte! Wißt ihr nicht, daß der Wein, der feurig gedeihen soll, viel Sonnenscheins in seiner Jugend bedarf?

Beiläufig noch ein Wort über gewisse kluge Leute, die auch im Märchen ihrem Lieblingswild, der sogenannten Idee, nachjagen und es der Phantasie nie vergeben können, wenn sie von ihr noch so lieblich auf irren Wegen hin und her gelockt werden. Und doch führt nun einmal das Märchen nicht in der Ebene, wo das Ziel weit aus der Ferne winkt, sondern verschlungene, vielfach gewundene

Bergpfade hinab und hinauf. Die Dame Moral, die das ewige haec fabula docet philisterhaft im Munde führt, reitet auf ihrem Grauthierchen gerade so weit voraus, daß der Wanderer sie immer um die Krümme des Wegs hinter die Felsen biegen sieht, wenn er sie zu erreichen meint, und nur zuweilen ihr wehendes Schleierchen oder des Esels Schwanz gewahr wird. Jene klugen Leute stolpern ihr hastig nach, gerathen in fruchtlosen Schweiß und büßen die Aussicht ein in die bunte Landschaft und in die frischen Waldgründe voll Vogelsangs und rauschender Quellen. – Lieber Leser, wonach gelüstet dich mehr, nach der fröhlich wuchernden Natur, oder nach jenes Esels Schwanz?

Unter den heitern Geschichten ist eine betrübte, die zu den übrigen nach Stil und Stimmung nicht wohl zu passen scheint. Sie ist die älteste Schwester, entstanden in einer Zeit, da der fahrende Schüler von einem schwülen Liebesgewitter tief verschattet war. Und die Vögel singen ja ängstlich und wunderlich, wenn ein Wetter aufzieht. Er hat aber dies Lied nicht zurückhalten wollen, um seinem Herzen Genüge zu thun, und wenn es einem schönen dunkeln Augenpaar begegnet, möge es einen freundlichen Gruß sagen und an Einen erinnern, der gern vergeßlicher wäre.

Geschrieben in der Schweiz, am 6. Sept. 1849.

Inhalt.

Das Märchen von der guten Seele.

Es war einmal ein blutarmes, verlassenes Ding, das hieß die gute Seele, und war schlank und fein gewachsen und hatte rechte Elfenbeinchen, die aber leider barfuß laufen mußten. Verwandtschaft hatte sie auf der ganzen Welt nicht; nur einen Bierbruder und eine Kaffeeschwester, die gingen mit ihr um, als wäre sie das Aschenputtel, und gaben ihr kein gutes Wort. Das stand die gute Seele eine Zeitlang aus, bis sie vom Herrn Pastor eingesegnet war. Nun, dachte sie, hab' ich Schuh' und Strümpfe, da geh' ich in die Fremde, weit weit weg. Aber weil sie doch einmal die gute Seele war, brachte sie's nicht übers Herz, fortzulaufen, ohne ihrem Bierbruder und ihrer Kaffeeschwester was davon zu sagen. Alle die eingesegneten Mädchen, sprach sie, haben sich einen Schatz angeschafft, und meine Freundinnen schauen sich nicht mehr viel nach mir um. Ich will sehen, ob ich auch irgendwo einen Liebsten aufgabele, oder eine neue Freundin. – Ja, du Zeisig, erwiederte der Bierbruder, meinethalb magst du nach Lappland gehn, wo du hingehörst! Aber dein schwarzes Abendmahlskleid lass' ich dir nicht; das Bairische wird mir immer theurer. – Und mir geht der Zucker auf die Neige und der Stippzwieback, sagte die Kaffeeschwester. Gieb flink deine Schuh' und Strümpfe her! wir müssen Alles wieder auf den Trödel geben. – Da zogen sie der guten Seele ohne Mitleid ihre alten Fetzchen wieder an, gaben ihr eine trockne Brotrinde und ließen sie laufen. – Das ging langsam genug; denn alle Augenblick kam ein Käfer über den Weg gelaufen, den konnte sie doch nicht todt treten; oder eine Blume stand todtmüde oder gar halb ohnmächtig auf der Seite, da mußte sie geschwind die Händchen in den Bach tauchen und ihr ein bischen Wasser ins Gesicht spritzen, daß sie wieder zu Athem kam. Das hat

8

man davon, wenn man die gute Seele ist, sagte sie vor sich. Man wird gar nicht fertig.

Nun kam sie in einen Wald, da standen Erdbeeren in Fülle und sie labte sich recht daran. Sie werden doch gepflückt, entschuldigte sie sich dabei, ob ich sie esse oder ein Anderer. Dann setzte sie sich, weil ihr die zarten Füße weh thaten, holte ihr Tagebuch heraus und beschrieb ihre bisherigen Reise-Abenteuer, und wie sie damit fertig war, dachte sie: Singst du jetzt ein Lied, oder nicht? Am Ende weckt es ein krankes Vöglein, das eine Stunde geschlummert hat. Aber wenn dich gerade eine sterbende Lerche hört, meint sie, sie vernähme schon den Gesang der Engel im Himmel und du machst ihr letztes Gebet fröhlich. – Also fing sie an zu singen, und das klang recht ordentlich so, als ob eine gute Seele sänge:

> Der Tag wird kühl, der Tag wird blaß,
> Die Vögel streifen übers Gras;
> Ei wie die Halmen schwanken
> Vor ihrer Flügel Wanken,
> Und leise wehn ohn' Unterlaß.
>
> Und Abends spät die Liebe weht
> Ob meines Herzens Blumenbeet.
> Das ist ein heimlich Beben,
> Und süße Gedanken weben
> Sich in mein tiefstes Nachtgebet.
>
> Du fernes Herz, komm zu mir bald!
> Sonst werden wir Beide grau und alt,
> Sonst wächst in meinem Herzen
> Viel Unkraut und viel Schmerzen;
> Da wird's den Blumen gar zu kalt!

Wie sie aufsah, gewahrte sie eine große Tafel am Wege, da stand drauf: Reitweg. Ach Gott, sagte sie, da muß ich nur wo anders gehn; der arme Weg wird ohnehin genug von den Hufschlägen zu leiden haben; was soll ich noch mit meinen dünnen Elfenbeinchen drauf herumstapeln! Sie wollte eben fort, da hörte sie Einen daherreiten im Schritt, eine prächtige zerrissene Fahne in der Faust, denn es war der schwarzbraune Fähnrich mit dem wunderschönen Schnurrbart. Wie den die gute Seele sah, blieb sie stehn, faßte an ihr Herz und sagte: Gottlob! eben verliebe ich mich. Der Fähnrich aber ritt heran und sagte: Liebe gute Seele, wo geht der Weg nach Küssemich? – Darauf antwortete die gute Seele ganz fix: Lieber schwarzbrauner Fähnrich mit dem wunderschönen Schnurrbart, es ist ganz nah, vom Rößlein herab, drei Schritte zu mir, dann ein bischen gebückt, weil ich eine gar zu kleine Person bin. – Ach was! sagte der Reiter, versteh mich recht; ich meine das Dorf Küssemich, das drei Stunden südlich von Lieberose liegt. – Da weiß ich den Weg bei Gott nicht, erwiederte die gute Seele; aber sag, schwarzbrauner Fähnrich, willst du nicht mein Schatz sein? siehst du, ich bin eben eingesegnet und habe noch keinen und auch keine Busenfreundin. – Wie der zu Roß das hörte, fing er an zu lachen, ritt ohne Antwort weiter und sang:

Nun stehn die Rosen in Blüte,
Da wirft die Lieb' ein Netzlein aus.
Du schwanker, loser Falter,
Du hilfst dir nimmer heraus!

Und wenn ich wäre gefangen
In dieser jungen Rosenzeit,
Und wär's die Haft der Liebe,
Ich müßte vergehen vor Leid.

Ich mag nicht sehnen und sorgen;
Durch blühende Wälder schweift mein Lauf.
Die lust'gen Lieder fliegen
Bis in die Wipfel hinauf.

Wie die gute Seele den Fähnrich so schnöde davonreiten sah, ging sie auch traurig mitten in den Wald hinein und seufzte dabei: Ach aber er hat doch einen gar zu schönen Schnurrbart! Wo krieg' ich nun geschwind so einen Schatz wieder! Indem sie ganz schwermüthig darüber nachdachte, begegnete ihr ein alter Herr, gar wohl parfümirt, in schönem grünem Frack, der hieß Waldmeister. Guten Tag, gute Seele, sagte er. Hast du nicht den schwarzbraunen Fähnrich reiten sehn? Sein Rößlein ist bei mir eingekehrt und hat mir meine besten Kräuter gefressen, und ist dann auf und davon, ohne die Zeche zu bezahlen. – Ach der! sagte die gute Seele, der ist nach Küssemich geritten. – Danke schön, erwiederte der Waldmeister. Nun will ich dir auch einen Gefallen thun. Gehe noch ein Weilchen, bis wo der Wald hell wird, da wirst du eine Hütte finden, in der wohnt die Busenfreundin. – So ließ er die gute Seele auf einmal allein und wartete ihr Bedankemich gar nicht ab. Die gute Seele aber war wie im siebenten Himmel, lief was sie konnte und kam richtig an die lichte Stelle, wo das Hüttlein stand. Da klopfte sie höflich an, und innen rief's: Nur immer herein, du gute Seele! Das ließ sie sich nicht zweimal sagen und fand innen wahrhaftig die Busenfreundin, die ihr gleich einen Kuß gab und sagte: Dein bis in den Tod! Und noch länger bis in alle Ewigkeit! fügte die gute Seele hinzu, und die Busenfreundin sagte: Ja freilich!

Nachdem sie einander recht das Herz ausgeschüttet und jede der andern ihr Tagebuch vorgelesen hatte, zeigte die Busenfreundin der guten Seele all ihre Herrlichkeiten. Nun war das Hüttchen gar eng, und stand nur Ein Tisch und Ein Stuhl und Ein Bett darin, aber ein großer großer Glasschrank, der war ganz voll von Stammbüchern, alle in rothem Sammt mit Goldschnitt. Da setzten sich die Beiden hin, nahmen ein Stammbuch und schrieben den halben Tag lang Stammbuchverse; zum Exempel: Nie verlösche die Flamme der Freundschaft! oder: Rosen und Nelken, alle diese

Blumen welken, aber meine Liebe nicht; lebe wohl, vergiß mein nicht! und noch eine Menge andrer. Das schrieben sie aber Alles, weil sie so unzertrennlich waren, mit einer einzigen Feder, weiß der Himmel, wie sie's gemacht haben, aber wahr ist es. Zu Mittag aßen sie Sonnenstäubchen mit Freundschaftskalteschale, und schrieben dann eilig weiter, denn es waren ja noch so sehr viel leere Stammbücher im Glasschrank.

Plötzlich hörten sie draußen Pferdegetrappel, und die gute Seele sah zum Fenster hinaus und erblickte den schwarzbraunen Fähnrich auf seinem Rößlein. Ach Gott! seufzte sie, denke nur, liebe Busenfreundin, in den habe ich mich vorhin verliebt und er mag mich nicht! Die Busenfreundin hatte den schmucken Reiter mit dem wundervollen Schnurrbart wohl bemerkt und sagte: Er ist auch viel zu gut für dich, du armes Barfüßerchen. Damit stand sie auf und trat zur Hütte hinaus. Die gute Seele blieb ganz traurig sitzen und schrieb weiter: »Heiter und helle riesele die Quelle deiner dich ewig liebenden guten Seele«, horchte aber immer hinaus. Da vernahm sie, wie der schwarzbraune Fähnrich der Busenfreundin erzählte, er wäre einem Herrn im grünen Frack begegnet, der habe ihm die Wege gewiesen nach Küssemich; es wär' aber ein completter Filou, denn er habe ihn schmählich in die Irre geführt. Er kenne ihn schon und werd's ihm eintränken. Ei, erwiederte die Busenfreundin, den Weg nach Küssemich weiß ich wohl. Ihr müßt aber Hochzeit mit mir halten. Indessen schrieb die gute Seele drinnen in der Hütte: Ich will hinein und muß hinein, und soll's auch in die Quere sein! Dann rief sie: Busenfreundin, Busenfreundin! kommst du bald? – Gleich! gab die zur Antwort; aber sie saß schon hinten bei dem schwarzbraunen Fähnrich auf dem Sattel. Wie sie nun immer noch nicht kam, schaute die gute Seele durchs Fenster und bekam ihren ganz ordentlichen Schreck. Um Gotteswillen, Busenfreundin, wo willst du hin? –

Hochzeit machen, gute Seele! – So laß mich doch wenigstens deine Brautjungfer sein! – Das geht nicht, gute Seele, hast ja weder Strumpf noch Schuh, auch kein sauberes Kleid dazu! – Was soll ich nun aber machen so allein? – Stammbuchverse, gute Seele; alle die Stammbücher schenk' ich dir; und nun leb wohl, und wirst du einst an deine Freundinnen denken, denk doch auch an mich zurück! Wirst du ihnen Stunden schenken, schenke mir nur einen Augenblick! – Wie sie das gesagt hatte, machte das Rößlein Kehrt, der schwarzbraune Fähnrich schwenkte seine Fahne und sang:

Mein Herzblut geht in Sprüngen,
Mein Rößlein geht im Trab.
Das nenn' ich noch ein Reiten!
Wildfremdes Land zur Seiten;
Bergauf da geht's fein sachte,
Und hurrah fliegt's bergab.

Der Gaul kennt alle Schenken,
Da kaut er süßes Gras.
Sein Herr ißt Kraut im Schüßlein
Und giebt dem Mädel ein Küßlein;
Dann trinkt er einen Schoppen –
Ei das gefällt ihm baß.

Damit flogen die zwei in den fernen Forst hinein und es war grabstille um die Hütte herum, so daß man die Thränen fallen und tropfen hörte, die die gute Seele weinte. Die aber hatte auch nicht länger Ruh und Rast in der Hütte der Busenfreundin, schrieb nur noch auf das letzte Blatt eines Stammbuchs: »Wer dich lieber hat als ich, der schreibe sich hinter mich«, und nahm's mit zum Andenken; dann ging sie hinaus und wieder zwischen die Bäume, daß ihr ordentlich gruselte, denn die Vögel flogen ihr dicht an dem Köpfchen vorbei und alle Augenblick stieß sie ihre

Elfenbeinchen wund. Sie kam auch wieder ins freie Feld, begegnete aber keiner Seele, als einem Ehemann, der an einem langen Bindfaden seinen Hausdrachen steigen ließ, und der guten Seele von Herzen gratulirte, daß ihr der schwarzbraune Fähnrich durchgegangen sei; sonst wäre sie am Ende auch ein Hausdrache geworden, obwohl sie so eine gute Seele sei; denn in der Ehe da würden die Allerbesten hochfahrend. Da bat die gute Seele noch für den Hausdrachen, und wenn der Bindfaden risse, wär's doch ein halsbrechend Ding, bis der Ehemann endlich nachgab. Gottlob! dachte die gute Seele und ging ihrer Wege weiter.

Nun kam sie auf einen hohen Berg, drauf im Winter ewiger Schnee lag; dazumal aber war er schön grün. Oben stand eine Hütte, und man hörte einen schnarchen drinnen. Da wollte die gute Seele schon wieder weg, um den Schläfer nicht zu stören; aber auf einmal kam ein Erzengel durch die Luft daher, und das war der Michael, der rief: Jacob, Jacob! es ist sieben, Uhr! Wie lange wird's heute mit den Sternen? der Herrgott hat eben das Psalmbuch weglegen müssen, weil's so dunkel ist. – Nach einer Weile kam der alte Jacob richtig herausgewackelt aus der Hütte, und hatte ziemlich schief geladen, so daß die Himmelsleiter, die er auf der Schulter trug, gefährlich hin und her schwankte. Laßt einem doch auch sein bischen Ruhe! brummte er; die alten Knochen sind lahm genug. Aber sieh da, da ist ja die gute Seele. Ei komm näher, liebes Kind! wart da ein bischen, bis ich oben die Lampen angezündet habe; dann sollst du schon dein blaues Wunder sehen. Damit drückte er die gute Seele auf ein Bänkchen neben der Hütte, stellte dann die Leiter an die Sterne an, der Reihe nach, und kletterte, für seine Jahre behend genug, hinauf. Dann macht' er's wie die Laternenputzer sonst, und rutschte ganz bequem wieder herunter; und das that seinen Beinkleidern gar nichts, denn die waren von dem Fell des Schafböckleins, mit dem er seinen Bruder Esau betrogen hatte. Als oben Alles gehörig brannte, nahm er die gute Seele auf den Arm und stieg mit ihr bis in den Himmel hinauf; das war noch eine gute Viertelstunde höher, als zu den Sternen. Am Himmelsthor aber übergab er sie dem heiligen Thürhüter Sankt Peter, der mit dem Erzengel Michael die gute Seele gar freundlich empfing und zu einer Menge kleiner Engel schickte, die auf einer großen Wiese Ringel-Ringel-Rosenkranz spielten. Da lieh ihr gleich eins seine Flügel, bis der Herrgott ihr neue hatte machen lassen, und gab ihr auch ein Stückchen Heiligenschein ab, womit sie vorläufig sich behalf. Nun kann jeder denken, wie froh die gute Seele war, und daß sie geschwind all ihre Stammbuchblätter vertheilte. Es war auch dafür gesorgt, daß auf der Wiese weder Blumen noch Gras wuchsen, die sie hätte zertreten können; und doch war's weich und ihre Elfenbeinchen thaten ihr nimmer weh.

So lebte die gute Seele alle Tage in lauter Freuden, und lernte sehr schön Choral singen und Sternschnuppen aus Goldpapier schnitzeln. Ihren Bierbruder und ihre Kaffeeschwester sah sie nicht wieder, weil die nicht in den Himmel kamen. Aber einmal, als sie gerade am Himmelsfenster stand und hinunterschaute, sah sie die Busenfreundin an einem langen Bindfaden in der Luft schweben; denn sie war auch ein Hausdrache geworden und sehr hochfahrend, und unten stand der schwarzbraune Fähnrich mit dem wundervollen Schnurrbart und ließ sie steigen. Hui! da kam plötzlich ein Windsbräutigam angeflogen und entführte die Busenfreundin hoch in die Luft, und der schwarzbraune Fähnrich hielt sich an dem Bindfaden fest und flog seinem Hausdrachen immer nach. So schwebten sie zwischen Himmel und Erde und konnten gar nicht wieder Ruhe finden. Wie die gute Seele das sah, fing sie bitterlich an zu weinen; denn es war doch ihre Busenfreundin. Da trat plötzlich der Herrgott zu ihr heran und sagte: Es hilft dir nichts, gute Seele; 's ist ihnen schon ganz recht, und sie müssen noch ein paar tausend Jahre so herumfliegen. – Ach Gott, seufzte die gute Seele, und dann? – Dann wollen wir weiter sehn, gab der Herrgott zur Antwort; aber vorläufig ist das Märchen zu Ende.

Glückspilzchen.

Es war einmal ein kleines, flachshaariges Schusterjüngelchen, das die Dorfbuben den Pechhansel nannten, obwohl sein richtiger Taufnamen ein gar schöner war, nämlich Johannes. Vater und Mutter hatte er nicht mehr, die waren alle beide todt. Sein Vormund aber hatte ihn geschwind einsegnen lassen und zu dem Schuster von Gansdorf in die Lehre gethan, und ihm noch zum Valet und Angedenken an ihn eine wunderschöne Zieh-Harmonica mitgegeben, mit acht Klappen und drei Luftlöchern, denn er sollte ein ganzer Schusterjunge werden, und ohne die Harmonica wär' er doch nur ein halber gewesen. Trotzdem mochte ihn die Frau Meisterin nicht leiden, denn er war zuweilen ein bischen grob gegen sie; und den Herrn Meister konnte er wieder nicht ausstehn, denn der war grob gegen ihn, und wenn er einen Wasserstiefel verschnitten hatte oder einen Holzpantoffel, war der Meister nicht faul hinterher, machte ihm einen warmen Umschlag von Prügeln über den Rücken, und dann konnte man auf selbigem die vier russischen Nationalfarben schauen, nämlich braun und blau, und grün und gelb, und die Frau Meisterin, die in der Küche stand, sagte ganz laut: Es muß immer noch besser kommen.

Hansel aber, wenn er wieder beim Leisten auf dem Schemelchen kauerte und die hellen Thränen ihm vor lauter Aerger immer noch aus den Augen liefen, dachte bei sich: Bin ich nicht ein schmucker Bursch, und zu Pfingsten werd' ich sechzehn Jahr alt? Und hören mich die Dorfmädel nicht für ihr Leben gern auf der Harmonica spielen? Soll ich mir immer noch den groben Haselstock auf dem Rücken tanzen lassen? Ja, Kuchen! schloß er jedesmal; aber es blieb dennoch beim Alten, denn draußen lag Weg und Steg verschneit, und die Winde hielten ein Wettrennen und pfiffen dabei so arge Stücklein, daß einem alles Ausreißen verging. Da mußt' es Hansel denn aushalten bei dem Herrn Meister und der Frau Meisterin, obwohl es spitzigkalt war in seiner Kammer und in seinem Magen auch; denn Warmes, wenn's auch nur ein Süpplein gewesen wäre, bekam der Arme alle heilige Zeit einmal zu kosten. Warum war er auch grob zu der Frau Meisterin!

Wie es nun Frühling wurde, heizte ihm zwar die Sonne seine Kammer gar behaglich ein, und der Kirschbaum, der gerade davor stand, hing voll schneeweißer Blüten, aber mit der Frau Meisterin ihrer Kost sah's nicht besser aus. Das kam daher, daß ihr Mann statt des Pfriemen die Schaufel in die Hand nahm und auf sein bischen Acker ging, um die Saat zu bestellen. Denn die Dorfleute stellten Schuh und Stiefel in den Kasten und gingen mit splitternackten Füßen umher in dem lieben Sonnenschein. Wer aber keine Schuh' trägt, zerreißt keine, und an dem hat der Schuster sein Recht verloren und des Schusters Hansel auch. Die Frau Meisterin aber dachte: Wozu füttern wir den Faulenzer? – Denn vom Ackern und Säen verstand er nichts, weil er aus der Stadt war, und wollte auch nichts anders sein, als ein ganzer Schusterjunge; das hatte ja auch der Vormund gewollt. Er lief also den ganzen Tag mit der Harmonica im Walde herum, suchte sich Beeren, so viel er fand, und wurde leidlich satt. Zuweilen saß er auch daheim und las. Nun war freilich nur ein einzig Buch im Hause, eine alte vergriffne Bibel nämlich; die fing er von vorn an, und die Bilder gefielen ihm über die Maßen, aber die Geschichten nicht minder.

Eines Tages aber, wie er über dem zweiten Buch Mose war, wurde er plötzlich ganz tiefsinnig und saß eine ganze Stunde und dachte nach. Dann klappte er das Buch zu, packte seine Siebensachen zusammen in ein Bündel und trat marschfertig in die Küche zur Frau Meisterin. Die machte ein verwundertes Gesicht, wie sie hörte, es gefalle dem Hansel nimmer bei ihr und er wolle fort und nach den Fleischtöpfen Aegypti wandern. Denn, sagte er, das ewige Beeren-Essen bringt einen ganz von Kräften, Frau Meisterin, und Ihre Brotrinden und Kartoffeln haben mich auch nicht fett gemacht, daß Sie's nur weiß! Adjes also, und empfehl' Sie mich dem Meister. – Damit machte er linksum Kehrt und stapelte was er nur konnte zum Hause hinaus und das Dorf hinab, daß die Hühner und Gänse kaum Zeit genug hatten, ihm Platz zu machen. Denn er hatte Angst, daß der Meister ihn einholen möchte und seine Glieder so zurichten, daß damit nichts anzufangen wäre, am wenigsten eine Reise nach den Fleischtöpfen Aegypti.

Der Meister kam aber nicht, sondern ein Dirnlein über dem andern. Denn wie sie den Hansel reisefertig vorbeimarschieren sahen, hielten sie's nicht aus drinnen, ließen alles stehn und liegen und liefen ihm nach; denn sie wollten ihn gar zu gern noch einmal spielen hören. Kommet nur mit bis ins Wäldchen, sagte er; hier darf ich nicht, sonst hört mich der Meister; denn er soll's nicht wissen, daß ich nach den Fleischtöpfen Aegypti wandere. Jesus! riefen die Mägdlein, so grausam weit! Der Hansel aber machte eine wichtige Miene und sagte: Am Ende noch weiter, in die Türkei oder nach den Buschmännern. Die Welt soll schon noch von mir zu hören kriegen! – Da kicherten die Mädchen unter einander und flüsterten: Der Hansel ist irre; er wird Tollbeeren geschluckt haben!

Wie sie nun im Wäldchen waren, lehnte er an einen Baum, nahm die Harmonica aufs Knie und fingerte ihnen einen Hopser vor, daß sie's Tanzen nicht lassen konnten, sondern einander umfaßten und immer um die Bäume herum durch Dick und Dünn zu springen anhoben. Als sie endlich alle müde waren, kamen sie gelaufen und baten ihn noch um was Schmachtendes. Da spielte er das schöne Lied: »Du du liegst mir im Herzen«, und das war so sehnsüchtig und jeder Ton zitterte fünf Minuten lang, daß die Vögel in den Büschen ganz still wurden und schluchzten und seufzten. Die Mägdlein aber waren noch mehr gerührt, gaben dem Musikanten jede einen schönen Kuß und gingen mit den Schürzen vorm Gesicht heim. Hansel aber brach einen blühenden Zweig ab, steckte ihn auf die Mütze zur Erinnerung und sang und spielte im Weitergehen:

> Zu Halle an der Saale
> Da hat mir's nit gefalle,
> Weil da der arme Handwerksbursch
> Gar zu viel leiden muß
> Von wegen den Herrn Studiosibus.

Nachher jedoch ließ er das Singen, und pfiff lieber; denn er wollte ein ganzer Schusterjunge sein, und die pfeifen bekanntlich.

Wie er nun aus dem Wäldchen wieder herauskam auf die große Landstraße, stand er auf einmal still und hörte mitten in einer Melodie auf. Zum Kuckuk! dachte er, bin ich doch ein rechter Holzleisten! Laufe da weg und weiß den Weg nicht. Geht's nun rechts oder links? Nach einigem Besinnen ging er doch links; denn rechts mußte man nach der Stadt gelangen, wo der Vormund wohnte, und da wäre er mit dem Wandern schön angekommen. Also wandte er sich links, spielte das Lied gerade da weiter, wo er aufgehört hatte, und die Grillen und Frösche zu beiden Seiten des Weges sangen zweite und dritte Stimme, daß den Lerchen droben vor dem Concert angst und bange wurde.

Da begegnete Hansel einem alten Mann mit schlohweißem Kopf, der wie unsinnig am Wege hin- und hersprang, als ob er Jagd auf etwas am Boden machte. Als er den Buben daherkommen hörte, richtete er sich auf und trocknete sich die Stirn. Grüß Gott, alter Vater! sagte der Hansel. Was treibt Ihr da? Ihr springt ja wie ein Milchlämmchen. – Ach du lieber Heiland! erwiederte der Alte, muß wohl, muß wohl! Ich fange Grillen, lieber Sohn; das ist ein schlimmes Geschäft für so einen alten Rücken. Sieh, der Topf da ist erst halb voll, und ich bin schon geschlagene vier Stunden fleißig gewesen. – Was wollt Ihr aber damit? fragte Hansel weiter; 's ist doch eine kuriose Arbeit. – Noth bricht Eisen, mein Sohn, sagte der Alte. Ich bin mein Lebtag Kegeljunge gewesen drüben in Hahndorf, und habe eine Frau ernährt und sieben ungezogene Kinder. Nun haben sie mich abgesetzt, weil mir die Hände zittern und ich die Kegel schief gestellt habe, und da sitz' ich nun, und meine sieben Würmer haben kein Brot. Was soll ich anders thun, als Grillen fangen? – Wenn's so ist, sagte der Hansel, da wißt Ihr mich wohl auch nicht nach den Fleischtöpfen Aegypti zu weisen, alter Vater? – Ich meine, Ihr ginget am besten direct nach Rom; da könnt Ihr ja gar nicht fehlen, und von da laßt Euch übersetzen, und fragt Euch weiter. Die Fleischtöpfe müssen so in der Gegend der Pyramiden stehen, es wird's Euch jedes Kind sagen. – Dank' schön, sagte Hansel, und behüt' Euch Gott, und wenn ich wiederkommen sollt', bring' ich Euch und Euren sieben Würmern einen Fleischtopf mit, wenn sie ihn durchlassen an der Grenze. Adjes, Vater! – Gute Reise, mein Sohn!

Zweites Kapitel.
Wie Hansel gar lustige Reisegesellschaft findet.

So zog der Hansel pfeifend und spielend weiter und war von Herzen froh, daß er doch nun den Weg wußte. Nun war's schon hoch am Tage und ein gar appetitlicher kleiner Hunger meldete sich. Wenn doch nur ein paar vornehme

21

Reisekutschen kämen, damit ich mir was zusammenfechten könnte! seufzte er heimlich. Es kam aber nichts der Art und Beeren gab's auch nicht, und die Kienzäpfchen vom vorigen Jahre waren doch gar zu hart. Da fiel dem armen Hansel das Herz in die Hosentasche; er fuhr mit der Hand unter die Mütze, stand still und wollte eben Salzwasser spendiren, als er hinter sich einen singen hörte:

> Und die Waldsteige sind dunkel,
> Und die Bäume wehn kühl.
> Ueberm Felde da funkelt
> Die Sonne so schwül.

> Wer ein'n Schatz hat im Sommer
> Und herzen ihn möcht',
> Zum Walde nur komm' er;
> Da find't er's nit schlecht.

> Die Lieb' und die Sonne
> Die sind allebeide schwül,
> Und allebeid' auf Einmal
> Das brennt gar zu viel.

Hansel sah noch halbweinerlich um nach dem Sänger, aber wie er dessen kuriosen Aufzug gewahrte, war's mit seiner Trübseligkeit zu Ende. Es kam nämlich ein langer dünner Mensch auf ihn zu, ein grau Hütchen auf dem Kopf und einen Schnurrbart auf der Oberlippe, an dem die gute Hoffnung das Beste war. Gepäck hatte er keins; aber ein kleines schwarzbraunes Mägdlein trug er auf der Schulter, mit Augen so schwarz wie die Heidelbeeren und schlanken Gliederchen, um die ein blaues Kleid flatterte. Sie trug eine große Puppe im einen Arm und den andern hatte sie um den Kopf des Langen geschlungen, damit sie fest säße. Beide nickten dem Hansel freundlich zu und der Lange sagte: Lieber Schusterjunge, wohin des Weges? – Nach den

Fleischtöpfen Aegypti, erwiederte der. – Es ist just nicht unser Weg, sagte der Lange darauf. Aber der Gesellschaft zu Liebe, wollen wir eine Strecke zusammen wandern, wenn dir's recht ist, und setz' nur deine Mütze wieder auf, daß du keinen Sonnenstich weg hast, eh du's merkst; brauchst auch keinen absonderlichen Respekt zu haben. – Wer seid Ihr denn eigentlich? fragte Hansel, indem sie weiter gingen. – Ich bin nur ein simpler Poet, gab der Lange zur Antwort, und die kleine leichte Mamsell da oben ist meine Schwester und heißt Glückspilzchen. Nun hör' aber nur, weßhalb wir auf Reisen sind. Ich bin da gestern Nacht in der Schenke und trinke mir einen rechtschaffnen Glanz in Maiwein. Da kommt mir plötzlich ein Gedicht an, daß ich nach Haus laufe und denke, du willst es gleich warm niederschreiben. Nun war die Nacht kühl, und mir verging unterwegs das Feuer ein bischen; ich ließ mich's aber wenig schmerzen, komme in meine Stub' und lange nach dem Kleiderschrank hinauf, wo mein Männchen aus Tannenzapfen steht, der die Streichhölzer auf dem Rücken trägt; der sollte mir wieder zu Feuer verhelfen. Der Spitzbub war aber weg, und weil die Thür offen stand, merkte ich's gleich, daß er davongelaufen sei in den Wald hinaus. Ich hab's ihm lange vorher am Gesicht angesehn, daß er Heimweh hatte. Weil ich ihn aber nicht entbehren kann und ein Poet ohne Feuer nicht fertig wird, mußte ich gern oder ungern wieder in die Nacht hinaus und ihm nach. –

So war ich kaum zwei Gassen weit gegangen, da sah ich so ein kleines Pflänzchen auf mich zu hüpfen, und der Mond schien hell genug, daß ich Glückspilzchen erkennen konnte, die bei den drei Tanten wohnt. Du Wetterkind, sagt' ich, wo willst du hin in der späten Nacht? Marsch, mache daß du heim kommst! – Ach höre nur, rief das liebe Geschöpf; die Pedanterliese, meine böse Schwester! da hat sie mir die Puppe wegnehmen wollen, meine Käke, die mir Tante Buchstabiria geschenkt hat, und wie ich sie nicht hergeben wollte, ist sie bitterbös geworden, noch viel erzböser, als sie gewöhnlich ist. Ich habe die halbe Nacht im Bette gelegen und geweint, und die Käke hat auch geweint, denn sie will von der Pedanterliese nichts wissen. Zuletzt aber bekam ich eine so gewaltige Angst, daß ich leise, ganz leise aufgestanden bin, meine Sparbüchse mit den blanken Dreiern in die Tasche steckte und zum Hause hinaushuschte. Und nun will ich nicht mehr zurück, und du mußt mich beschützen. – Mich jammerte es, wie ich Glückspilzchen und die Käke weinen sah, und weil ich noch ganz beglänzt war vom Maiwein, sagte ich, sie solle gutes Muths sein, wir wollten fort zusammen. Da hab' ich sie auf die Schulter gehoben, und so sind wir die Nacht durch gewandert und in den Tag hinein, bis wir dich gefunden haben, geliebter Schusterjunge!

Glückspilzchen drückte ihre Puppe fester an sich und sagte mit einer ganz feinen Stimme: Ach ja, Hansel, meine Schwester solltest du kennen. Immer strickt sie und lies't und zankt mich aus, wenn ich ein bischen mit der Puppe spiele oder im Garten herumlaufe. Und dann verklagt sie mich bei Tante Buchstabiria oder Strickerina, und ich werde gefitzt. – Weine nur nicht, sagte der gute Hansel; ich spiel' dir auch was vor auf der Harmonica. Da wurde Glückspilzchen ganz fröhlich, holte ihre Sparbüchse heraus und klapperte den Takt dazu mit den Dreiern, während Hansel spielte und der lange Poet folgendes Lied sang:

Ein Bruder und eine Schwester –
Nichts Treueres kennt die Welt.
Kein Goldkettlein hält fester,
Als Eins am Andern hält.

Zwei Liebsten so oft sich scheiden;
Denn Minne die ist voll Wank.
Geschwister in Lust und Leiden

Sich lieben ihr Lebelang.

So treulich, als wie beisammen
Der Mond und die Erde gehn,
Als wie der Sternelein Flammen
Alle Nacht bei einander stehn.

Die Engel im Himmel sich's zeigen,
Entzückt bis in Herzensgrund,
Wenn Bruder und Schwester sich neigen
Und küssen sich auf den Mund.

Und als er das gesungen hatte, bog sich Glückspilzchen
herunter und wäre beinah gefallen; aber er fing sie auf in
den Arm und sie küßte ihn dreimal auf den Mund, weil ihr
das Lied so gefallen hatte; dann kletterte sie ihm wieder auf
die Schulter und saß und spielte mit der Puppe. Hansel aber
sagte: Was mich wundert, ist, daß Ihr eine so volle und tiefe
Stimme habt und seid doch so dünn und hoch. – Ja, sagte
der Poet, ich habe mein Lebtag hoch hinaus gewollt, und
daß ich so schmächtig bin, kommt daher, weil ich so oft
abgezeichnet bin von Tante Schönekünstchen; da ist zuletzt
nichts mehr an mir geblieben. – Ich bin auch abgemagert;
das kam aber von der schlechten Kost der Frau Meisterin,
versetzte Hansel. Uebrigens seh' ich dahinten eine einsame
Schenke; wärt ihr wohl so gut, für mich auszulegen? – All
mein Geld hab' ich zu Hause in dem braunen Ueberrock
stecken lassen, sagte der Poet. Wir müssen mit
Glückspilzchen ihrer Sparbüchse Haus halten. Du hast
doch nichts dagegen, Schwesterchen? – Die Kleine schüttelte
lachend den Kopf und reichte ihm ihre blanken Dreier
herunter, die er freundlich dankend in die Tasche steckte.

Während dem Allen waren sie zu dem einsamen
Häuschen gekommen, das aber in der Nähe nicht wie eine
Schenke aussah; denn es hatte kein Schild vor der Thür,

auch keinen grünen Kranz. Innen aber schien eine lustige Gesellschaft zu hausen und zu schmausen, denn man hörte Gläser klingen und Gabeln klappern, und die armen Wandersleute vor der Thür wurden noch einmal so hungrig. Aber der Poet war gar dreist, klopfte kecklich an die Thür, und als Einer kam und fragte, wer draußen sei, antwortete er:

> Ein Poet mit fixem Züngelchen
> Und Glückspilzchen, das feine Dingelchen,
> Auch ein blondes Schusterjüngelchen;
> Müde sind wir alle Drei,
> Ganz verschmachtet auch dabei.
> Wollt uns nur um Gottslohn speisen!
> Werden eilig weiter reisen.
> Oeffne drum die Thüre, Besterchen,
> Blanke Dreier hat mein Schwesterchen!

Darauf hörten sie wie ein Riegel zurückgeschoben wurde, und ein wunderhübsches Mädchen öffnete ihnen. – Willkommen! sagte sie überaus freundlich, und tretet nur näher. Des alten Vogelstellers Sohn hält Hochzeit mit des alten Gärtners Tochter; ihr kommt gerade recht, uns Musik vorzumachen und hübsche Reime zu sagen. Nachher wär' ohnedies aus dem Tanzen nichts geworden. – Da sprang Glückspilzchen dem schönen Mädchen in die Arme; die trug sie ein paar Stufen hinauf, und sie traten allzusammen in den großen Hochzeitssaal.

Drittes Kapitel.
Was ihnen auf der Hochzeit begegnet.

Das war aber ein stattlicher Saal, denn inwendig war das

einsame Haus viel größer als von außen. Er war so mit Blumen geschmückt, daß man fast nichts sah von den Wänden, und oben an der Decke hingen eine Menge Vögel in Käfigen, die das Laub fast verbarg, und das gab eine schöne Tafelmusik. Die Eintretenden hatten jedoch kaum Zeit, einen flüchtigen Blick auf all die Herrlichkeiten zu werfen; denn schon hatte sie das schöne Mädchen zu dem jungen Paare geführt und Glückspilzchen, den Poeten und den blonden Hansel vorgestellt. – Habe ich doch schon immer einmal einen Poeten zu sehn gewünscht, rief die Braut ganz vergnügt, und nun kommt gerade einer zu meiner Hochzeit. Ihr seht ja aber ganz aus wie ein gewöhnlicher Mensch, nur daß Ihr so ungewöhnlich lang und unmenschlich schlank seid. Ach, aber Ihr müßt mir gleich einen hübschen Vers machen!

Laß sie doch erst was essen! fiel das schöne Mädchen ein; die armen Leute sind ganz ermattet und hungrig. Damit führte sie die Drei an das Trompetertischchen in der Ecke, das unbesetzt war, weil die Trompeter und die andern Musikanten ausgeblieben waren, und da konnten sie sich erlaben nach Herzenslust.

Unterdessen kam das junge Volk, lauter Vogelstellerbursche und Gärtnermägdlein, und sah ihnen zu; denn sie waren gar neugierig zu wissen, wer die wunderliche Gesellschaft sei. Da sputete sich der lange Poet mit dem Essen, schenkte sich dann vom Frischen ein und trat mit dem Glase vor das Paar. Darauf ward alles ringsum mausstill und der Poet sprach folgenden Vers:

Gärtnerin, von allen Vögeln
Fingst du heut den Schönsten ein.
Vogler, unter allen Arten
Blumen in dem Erdengarten
Ward die wundersamste dein.

Vogler, mußt dein Blümlein hüten,
Daß sich's recht ans Herz dir schmiegt;
Und *du* mußt des Vogels pflegen,
Mußt ihn warm am Busen hegen,
Daß er nicht von dannen fliegt!

Jedes mag vom Andern lernen,
Was das Herz beglücken kann;
Auf der Erde froh zu blühen,
Und nach allen ird'schen Mühen
Sich zu schwingen himmelan!

Es lebe das edle Paar! Vivat hoch! rief der Poet, und Alle
stießen jubelnd mit den Gläsern an und waren gar guter
Dinge. Die Braut aber konnte des Danks und Lobes kein
Ende finden über die schönen Verse und hätte sie sich gar zu
gern ins Stammbuch schreiben lassen. Der Poet aber
entschuldigte sich, er habe sie schon wieder vergessen, weil
sie aus dem Stegreif gedichtet wären; auch sei nicht viel
dran; er könne es weit besser, wenn er nur sein Feuerzeug
habe, dem er eben nachlaufe. Nun sollte sich die Gesellschaft
aber was vortanzen lassen von seiner kleinen Schwester
Glückspilzchen, und der blonde Schusterjunge würde dazu
aufspielen. – Freilich, das waren Alle zufrieden, rückten die
Tische beiseit und Jeder suchte sich seinen Schatz und setzte
sich mit ihm an ein heimliches Plätzchen, und wer keinen
Schatz hatte, saß allein. Der Poet aber gab Glückspilzchen
ihre Kupferdreier wieder in die Büchse, damit sie was zu
klappern hätte beim Tanzen; dann setzte er sich selbst zu
dem schönen Mädchen, das sie herein gelassen hatte; denn
die Beiden mochten sich gut leiden, und es war als ob sie alte
Bekannte wären, denn sie hatten hinter den Rosengewinden
viele heimliche liebliche Dinge mit einander zu reden.

Wie nun Glückspilzchen zu tanzen anfing und dabei
wieder den Takt mit der Sparbüchse klapperte und der

Hansel seinen allerschönsten Hopser spielte, da konnte man sein blaues Wunder sehn. Denn sie tanzte so allerliebst, daß sie allen die Köpfe verdrehte und die Liebespärchen, die Brautleute an der Spitze, nicht lange sitzen blieben, sondern lustig drauf los walzten; aber es konnt' es Keiner so gut. Auch der lange Poet hatte das schöne Mädchen umarmt und hopste mit den Spinnebeinen mitten unter den andern, und die Vögel oben in den Käfigen stießen sich fast die Köpfe entzwei, so eifrig waren sie, es Glückspilzchen nachzumachen. Die Blumen hätten auch gar zu gern mitgehalten, aber sie konnten nicht von den dummen Stengeln loskommen; dafür zitterten und tanzten die Fensterscheiben desto besser und das ganze Haus wackelte; aber Glückspilzchen tanzte doch besser, als alle.

Da ging mit einem Male die Thür auf, und der alte Vogelsteller und der Vater der Braut, die nebenan geraucht und gekannegießert hatten, traten ganz verbrümmelt in den Saal. Was ist das für eine tolle Wirthschaft! rief der alte Vogelsteller. Soll uns das Haus überm Kopf einfallen? – Da stand Glückspilzchen still und plötzlich auch all die Andern, und der blonde Hansel hörte auf zu spielen. Oben aber die Vöglein lagen mit blutigen Köpfchen halbtodt und sagten kein Pieps mehr, und die Blumen waren von der Anstrengung welk und bleich geworden. Wie das die beiden Alten gewahr wurden, erbos'ten sie sich immer mehr. Wie ist das Hexenpack hier herein gekommen? schrie der alte Gärtner. Hinaus damit! – Und so schoben sie eifrig scheltend trotz aller Reden und Bitten der jungen Leute Glückspilzchen, den blonden Schusterjungen und den langen Poeten zur Thür hinaus.

Draußen war's abendlich und der Thau fiel. Da standen die Drei ziemlich niedergeschlagen; nur der Poet hatte noch ein bischen Humor übrig. Er hob Glückspilzchen, die die weinende Käke tröstete und beruhigte, wieder auf seine

Schulter, summte ein Liedel in seinen hoffnungsvollen Schnurrbart hinein und schritt voran. Der Hansel zottelte wie im Traum hinterher, und wie die Käke mit Weinen fertig war, fing Glückspilzchen an und lamentirte ganz herzbrechend. Ach was werden die drei Tanten sagen, wenn sie mich nicht finden! jammerte sie. Und in der Schule, da werde ich so viel Schelte bekommen, daß ich nicht da bin! – Dem Langen fiel's auch aufs Herz wegen der Tanten. Daran hatte er nimmer gedacht, weil er ein leichtsinniger Patron war, wie die Poeten alle; aber er suchte sein Schwesterchen zu beruhigen und sagte: Die werden froh genug sein, daß sie uns los geworden; und umkehren thu' ich einmal auf keinen Fall, bis ich mein Feuerzeug wieder habe. Weine nur nicht! ich schreibe dir schon einen Entschuldigungszettel für die Schule. – Da wurde Glückspilzchen ein wenig stiller; aber der Hansel seufzte immerfort: Ach wann komme ich nun nach den Fleischtöpfen Aegypti! Ich dummer Holzleisten! Warum bin ich von Gansdorf fortgelaufen, wo ich doch Nachts ein Bett hatte und ein Obdach! So klagte er, und da wollte alles Zureden des langen Poeten nichts helfen.

Es war nun schon völlige Nacht geworden, da kamen sie in einen großmächtigen Wald, darinnen das Mondlicht sein Wesen trieb. Der Poet ward ganz fidel, als er die prächtigen Eichen rauschen hörte und die schlanken Rehe und Hirsche vorbeiwandeln sah. Er wäre gern die ganze Nacht so herumgestrichen; aber Glückspilzchen war eingeschlafen auf seiner Schulter vor Betrübniß und Angst, und da hob er sie sachte herab und nahm sie in den Arm, aber er wollte sie nicht aufwecken. Darum legte er sie leise ins Gras gerade unter einer steinalten Eiche, gab ihr die Käke in den Arm, die auch schon schlief und deckte sein Hütchen über seiner kleinen Schwester Gesicht, damit kein Käfer drüber weg laufen könnte. Der Hansel hatte sich auch gleich ins Gras gestreckt und schlief im Umsehn, und da wußte der lange Poet auch nichts besseres, als sich schlafen zu legen. Wie er

aber so auf dem Rücken lag und zu dem Monde hinaufsah,
fiel ihm eins seiner alten Lieder ein, das sang er ganz leise;
denn er konnte nie einschlafen, ohne was gesungen zu
haben. Das Lied lautete so:

Waldesnacht, du wunderkühle,
Die ich tausend Male grüß',
Nach dem lauten Weltgewühle
O wie ist dein Rauschen süß!
Träumerisch die müden Glieder
Berg' ich weich ins Moos,
Und mir ist, als würd' ich wieder
All der irren Qualen los.

Fernes Flötenlied, vertöne,
Das ein weites Sehnen rührt,
Die Gedanken in die schöne,
Ach! mißgönnte Ferne führt.
Laß die Waldesnacht mich wiegen,
Stillen jede Pein!
Und ein seliges Genügen
Saug' ich mit den Düften ein.

In den heimlich engen Kreisen
Wird dir wohl, du wildes Herz,
Und ein Friede schwebt mit leisen
Flügelschlägen niederwärts.
Singet, holde Vögellieder,
Mich in Schlummer sacht!
Irre Qualen, lös't euch wieder;
Wildes Herz, nun gute Nacht!

Als er den letzten Ton gesungen hatte, fielen ihm leise die
Augen zu und da hatte er sich selbst in Schlaf gesungen.

Viertes Kapitel.
Wie Glückspilzchen gar seltsam gebettet wird.

Wie sie nun eine Weile so gelegen hatten, fing der blonde
Hansel auf einmal laut an zu schnarchen, und dann
schwätzte er wieder unsinniges Zeug aus dem Traum, als: O
ich Pechvogel! Fleischtöpfe! Holzleisten! Sie ist ein
knauseriges Weibsbild, Frau Meisterin! O ich Pechvogel! –
Davon wachte Glückspilzchen auf, richtete sich in die Höhe
und warf das graue Hütchen vom Gesicht. Sie war recht
traurig, denn sie hatte von den drei Tanten geträumt und
von der Pedanterliese, und ihre Käke wär' ihr gestohlen
worden. Damit war's aber nicht so schlimm; die Käke lag
schlafend in ihrem Arm. Es war schaurig und kühl unter
den Bäumen, und Glückspilzchen gruselte vor dem
Mondlicht und dem blonden Schusterjungen, der aus dem
Schlaf faselte. Da stand sie endlich leise auf, legte ihrem
Bruder den Hut hin und küßte ihn auf die Stirn. Er mußte
es gemerkt haben, denn er sagte halblaut:

> O du Grashupferchen,
> Du Sachtschlupferchen
> Mit den blanken Dreiern von Kupferchen,
> Hol' dir von der Kühle kein Schnupferchen!

Glückspilzchen mußte im Stillen lächeln, band sich aber
doch ihr seidnes Halstuch fester, nahm die Käke unter die
Schürze und kletterte behend wie ein Kätzchen den alten
Baum hinauf, bis sie den blonden Hansel nicht mehr hörte.
Da suchte sie sich einen schönen breiten Ast aus, legte sich
zum Schlafen zurecht und sang, bevor sie die Augen schloß:

> Englein mit den Flügeln hold,
> Mit dem Haar aus eitel Gold!
> Wenn ich etwa fallen sollt',
> Seid viel tausendmal gebeten,

Unten auf das Gras zu treten
Und die Aermchen auszubreiten,
Daß ich sanft mag niedergleiten.
Nehmet auch, o seid so gut,
Meine Käke recht in Hut!
Daß sich keines Schaden thue,
Schenkt uns eine sanfte Ruhe.

Und so schlief sie sorglos ein.

Es dauerte gar nicht lange, da ließ sie die Puppe wirklich los, die sie vor dem Einschlafen fest an sich gedrückt hatte, und sie fiel unter der Schürze weg von dem hohen Ast hinab. Ein Glück war's nur, daß Glückspilzchen die Engel gebeten hatte, ein wenig Achtung zu geben; sonst hätte sich die Käke den kleinen Kopf elendiglich an den Eichenwurzeln zerschlagen. So aber legten sie die Englein unter Vergißmeinnicht und Veilchen ins Gras, und da schlief sie den Schreck vom Fall gar sanft und ruhig aus.

Nun will ich aber erzählen, wie wunderlich es mit Glückspilzchen zuging während der Nacht. Wie sie nämlich so auf dem Ast der Eiche schwebte, das Köpfchen an die Rinde gedrückt, die kleinen Arme um das Holz geschlungen, kam auf einmal eine ganze Eichkätzchenfamilie dahergehüpft, die zu Besuch gewesen waren bei ihrer Sippschaft und sich verspätet hatten mit dem Heimweg. Ganz lustig und ein wenig bespitzt von dem vielen Eichelschnaps, den sie hatten trinken müssen, hüpften sie ihres Wegs, obwohl die Nachtwächterin, die Frau Nachtigall, schon längst die Polizeistunde geflötet hatte. Hie und da saß noch in einem Vogelnest ein gelehrter Spatz oder Fink und schaute hinauf nach den Sternen, oder eine Lerche probirte mit halber Stimme die Arie, die sie morgen beim Frühconcert singen sollte; sonst war Alles zur Ruhe. Die Eichkätzchen aber sputeten sich, denn sie hatten den Hausschlüssel vergessen, und wenn die alte Großmutter schon schlief, konnten sie im Freien übernachten. Da kamen sie zufällig über den Ast, auf dem Glückspilzchen lag und schlief, und waren zu Tode verwundert über das zierliche Geschöpfchen. Nein, was für ein liebes Thierchen! riefen sie unter einander. Was sie für hübsche Zöpflein hat und so blanke Lederschuh'! Ach aber sie ist ganz feucht von dem Thau, und wird am Ende krank, oder fällt gar, weil sie keine scharfen Nägel hat an Händen und Füßen! – Da hielten sie flink Rath über das schlafende Mägdlein, und beschlossen dann allezusammen, sie nach ihrer Wohnung zu tragen und die Nacht über bei sich zu behalten. Vorher fuhren sie ihr mit den weichen rothen Schwänzchen über Wangen und Stirn und das blaue Kleid und fegten alle den Thau herab. Dann hoben sechs der stärksten sie sacht in die Höhe, zwei gingen voran, zwei hinterdrein, und nun ging die Reise behutsam, aber geschwind den Ast entlang, und Glückspilzchen lag so weich auf den Schultern ihrer kleinen Freunde, als wie zu Haus bei den drei Tanten in ihrem Federbettchen. Oben mußte der Mond gar herzlich über den seltsamen Zug lachen, und die Frau Nachtwächterin wunderte sich auch, aber sie schwieg ganz still, so daß man nichts ringsum hörte, als die Winde, die in den Wipfeln die Runde machten, und die leisen Schritte der Eichkätzchen und das Klappern der blanken Kupferdreier in Glückspilzchens Sparbüchse.

So kamen sie allgemach an den großen, dicken Stamm, darin die Eichkätzchen ihr Quartier hatten; es war aber schon zugeschlossen. Nun klopfte der Vorderste, den sie Springinslaub nannten, gar manierlich an und rief:

Liebe braune Großmama,
Deine Enkel sind nun da,
Bringen dir ein Kind zu Gaste,
Das da schlief auf unserm Aste.
Mond scheint kühl und Thau fällt naß;

34

Großmama, bedenke das!

Da dauerte es nicht lange und man konnte innen ein Schlüsselbund rasseln hören und Jemand husten. Die Thür ging auf und die alte Eichkätzchengroßmutter ließ die Gesellschaft herein. Sie hatte einen braunen Pelz, der wegen des großen Alters sehr nachgedunkelt war und oft hatte geflickt werden müssen, dazu eine Nachtmütze über Ohren und Stirn. – Landstreicher! brummte sie mit zahnlosem Munde, und wollte noch eine lange Gardinenpredigt halten. Wie sie aber Glückspilzchen gewahr wurde, erheiterten sich ihre Augen; sie fuhr dem schlafenden Mägdlein mit der kleinen Pfote über den Scheitel und küßte ihm das Ohrläppchen. – Und wo soll sie die Nacht bleiben? fragte sie dann. – Die Fremdenstube ist leer, erwiederte Springinslaub; da steht das weiche Moosbette, wo sie schlafen kann, bis die Sonne kommt. – Die Alte nickte stillschweigend und ließ ihre Enkel Glückspilzchen hinauftragen, die immerfort schlief. Sie selbst ging in ihre Kammer und holte den Pelz ihres seligen Mannes, der in einem Schränkchen von Nußschalen als ein heiliges Andenken hing. Ich muß dem lieben Thierchen doch was Absonderliches zu Gefallen thun, sagte sie vor sich hin, als wollte sie's bei dem Schatten des Seligen entschuldigen. Darauf stieg sie die kleine Treppe hinauf ihren Enkeln nach, die unterdeß ihre kleine Freundin sorglich niedergelegt, auch das Fenster verhängt hatten, damit der Mond ihr nicht gerade in die Augen scheinen und sie am Ende wecken könnte. Die alte braune Großmama aber deckte ihr den Pelz über die Füße, setzte ihr ihre eigne Nachtmütze auf das schwarze Haar und gab ihr eine Haselnuß in jede Hand, weil das Glück bringt nach dem Eichkatz-Aberglauben. Dann küßte ihr einer nach dem andern das Ohrläppchen und schlüpften allezusammen zur Thür hinaus.

Fünftes Kapitel.
Wie Glückspilzchen ihre Nachtherberge verläßt und mit der Frau Bösgewissen Bekanntschaft macht.

Die Waldvöglein in Zweigen
Stehn singend auf beizeit,
Derweil noch schlafen und schweigen
Der Menschen Lust und Leid.

O Jubel und o Wonne,
Nach Nächten, dunkel und bang,
Zu grüßen die liebe Sonne
Mit frohem Lied und Klang!

Zu schweben und zu schwanken
Da droben hoch im Blau'n,
Zu trösten die Müden und Kranken,
Die drunten auf Träume bau'n;

Und zu rufen hinab in die Lande:
Wacht auf nun, nah und fern!
Es kommt in des Frühroths Brande
Ein neuer Tag vom Herrn.

Wohlauf denn und frisch gesungen,
Ein Jedes nach seinem Brauch!
Ist's nur vom Herzen erklungen,
Gefällt's dem Himmel auch.

So ungefähr sang die Lerche, die am Morgen beim
Frühconcert die erste Stimme trillerte; es war nur Alles noch
viel besser und fröhlicher, so köstlich daß man's gar nicht
mit bloßen Worten wiedergeben kann, und die andern
lustigen Sänger hielten sich auch brav dran. Da stand auch

die Sonne bald auf, wischte sich die Nebel vom Auge und hielt nicht länger mit ihrem goldnen Schein hinterm Berg.

Glückspilzchen aber, wie es auffuhr aus dem Schlaf, wußt' es erst gar nicht, wo es war; denn daß das Zimmerchen in einer alten hohlen Eiche stecke, fiel ihm nicht ein. Das Licht fiel spärlich durch ein rundes Astloch, das die alte Base Spinne aus Gefälligkeit mit Spinneweb wie mit einer Fensterscheibe überzogen hatte, und davor hatten die Eichkätzchen gestern Nacht ein großes Blatt geheftet, um den Mond abzuwehren, so daß eine halbe Dämmerung ringsum war. Da bekam Glückspilzchen rechte Furcht, und wie sie ihren Bruder, den langen Poeten, nicht fand, auch die Käke nicht mehr im Arm hatte, setzte sie sich wieder auf das Moosbettchen, nahm die Schürze vors Gesicht und weinte bitterlange Zähren; denn von der Thür fand sie auch keine Spur, weil die Fugen in der Rinde nicht bemerkbar waren. Sie hatte aber kaum ein paar Dutzend Thränen geweint, da ging die Thür auf und Springinslaub trat herein, und hinter ihm die alte Großmama, die trug auf einem Brett den wundervollsten Eichelkaffee in Wallnußschalen und prächtige Erdbeeren, die ihre Enkel schon in aller Frühe im Walde gesucht hatten. Glückspilzchen hörte plötzlich ein bischen auf mit Weinen, denn sie verwunderte sich gar zu sehr über den zierlichen Besuch. Die alte Eichkätzchengroßmama aber setzte sich freundlich und liebreich neben sie und erzählte ihr, wie sie gestern von ihren Enkeln hereingebracht wäre, und sie solle nur bleiben, so lange sie wolle, und sie würden's ihr schon angenehm machen. Glückspilzchen saß wie im Traum, ließ sich aber von der Alten und den Andern, die nach und nach Alle Visite machten, geduldig das Ohrläppchen küssen und zum Frühstück nöthigen; denn sie meinte, es wäre doch Alles Traum, und sie würde bald aufwachen und Käke und ihren Bruder und auch den blonden Schusterjungen wiedersehen.

Indessen rief die Großmama eins von den Eichkätzchen heran und sagte: Knackzähnchen, erzähl' wo du gewesen bist und was du gesehn hast beim Erdbeersammeln. Da sagte das Eichkätzchen mit feiner Stimme:

Wo die blauen Veilchen sprossen,
Sind drei Bächlein hergeflossen
Ueber Nacht, wie wunderbar!
Salz'ge Bächlein, rasch und klar,
Drüber sich die Zweige spreiten.
Auf dem einen sah ich gleiten
Eine Puppe klein und schmächtig,
Augen funkelhell und prächtig,
Zähne blank wie Elfenbein;
Gar erbärmlich that sie schrein.
Sagt, weß mag die Puppe sein?

Ach Gott, seufzte Glückspilzchen, das ist am Ende meine Puppe Käke gewesen! – Ei es giebt viel Puppen auf der Welt, sagte die alte Großmama, um sie zu beruhigen. Nun komm du, Rothbärtchen, und erzähle. Das Rothbärtchen aber fing an:

Einsam sprang ich durch die Buchen,
Beeren, roth und süß, zu suchen,
Schaut' umher nach allen Seiten.
Da auf einmal sah ich schreiten
Einen blonden Schusterjungen
Durch die Büsche, dichtverschlungen.
Mütze saß auf einem Ohr;
Spielte sich ein Liedel vor
Auf der blanken Ziehharmonik,
Wie ein Spielmann aus der Chronik,
Pfiff und schimpfte auch mitunter,
Kam vom rechten Weg herunter,
Lauft nun so in Tag hinein.

Sagt, wer mag sein Meister sein?

Das war ganz gewiß der blonde Hansel, mit dem wir gekommen sind, sagte Glückspilzchen. Ach Gott, wenn ich nur erst draußen wär'! – Ei es giebt so viel Schusterjungen, sagte die alte Großmama rasch; bleib du nur hier bei uns; und nun soll Nußfresserchen erzählen, was ihr passirt ist. Nußfresserchen aber trat kecklich vor, machte einen Knix und declamirte dann mit vielem Ausdruck:

> Drunten tief im Lindenhag,
> Da noch kaum erglomm der Tag
> Und nur wenig Vögel sangen,
> Kam ein langer Herr gegangen,
> Grauen Filzhut in der Hand,
> Drauf ein schwarzrothgülden Band
> Flatterte im Morgenhauche,
> Und er rief bei jedem Strauche:
> Saht ihr nicht, ihr schwanken Aesterchen,
> Mein verlornes kleines Schwesterchen?
> All ihr Gräser, Blumen, Pilzchen,
> Saht ihr nicht das Unglückspilzchen?
> Rabenschwarz ist Aug' und Haar,
> Und der Wuchs ist ganz und gar
> Einer Arabeske ähnlich,
> Nase, Mund und Kinn gewöhnlich,
> Trug ein blaues Thibetkleidchen –

Ach Himmel! rief Glückspilzchen auf einmal, das ist mein Bruder, der lange Poet, der sucht nach mir, und ich Unglückspilzchen sitze hier bei Eichelkaffee und Erdbeeren und mache ihm so viel Herzeleid! Ich muß fort, geschwinde fort, ich halt's gar nicht mehr aus. – Die Eichkätzchen wollten sie freilich gerne behalten, aber das ging doch nicht, und da öffneten sie die Thür, schlüpften mit Glückspilzchen hindurch und die kleine Treppe hinab und schlossen ihr

39

unten gar traurig die große Thür auf. Sie hatten schon Abschied von einander genommen und dem kleinen Mädchen noch zu guter Letzt das Ohrläppchen geküßt, da sagte die Großmama: Nur noch ein paar Augenblicke warte, bis dir meine Enkel noch was vorgetanzt haben. Das mußte Glückspilzchen der guten Alten schon zu Gefallen thun, die auf ihre Familie nicht wenig eitel war, und so wurden die Musikanten gerufen, der Zeisig, der Fink und der Vogel Bülow, und die Eichkätzchen führten ein zierliches Ballet auf, den großen Ast auf und ab. Wie aber Glückspilzchen den kleinen Tänzern zuschaute, wurde sie wieder ganz munter, und vergaß Bruder und Käke und den blonden Hansel nach ihrer leichtsinnigen Art. – Nun sollt ihr mich erst tanzen sehn! sagte sie, da das Ballet zu Ende war, und sogleich kletterte sie zur Thür hinaus, ließ die Musikanten ein frisches Stücklein anfangen und tanzte dann so artig und klapperte so geschickt mit den blanken Dreiern in der Sparbüchse, daß eine ganze Menge Vögel und Waldthiere herzukamen, auch die Rehe herbeiliefen und oben nach dem Ast und der kleinen Tänzerin guckten. Zuletzt ward sie doch müde; da that sie die Sparbüchse auf, warf den Eichkätzchen die Dreier zu und rief, sie sollten sie zum Andenken an einem Bändchen um den Hals tragen. Dann rief sie noch einmal: Lebewohl! und tausend schön Dank! und kletterte behende den Baum hinab, indem sie den liebenswürdigen Thierchen viele süße Kußfinger zuwarf.

Als sie nun unten so allein herumlief und von ihrer Reisegesellschaft keine Spur erblickte, wurde ihr wind und weh. Sie kam zu den drei Bächlein, die über Nacht entsprungen waren. Der lange Poet und der Hansel waren verschwunden, die Käke auch; von der aber hing das kleine Hütchen mit dem grünen Schleier am Ufer zwischen den Vergißmeinnicht; da weinte Glückspilzchen wieder heftiger. Ein Versehen von dem langen Poeten, das er auf ein Baumblatt geritzt und an einen Stamm geheftet hatte, kam nicht in ihre Hände; das hatte der Kapellmeister, der Herr von Grasemück, mit in sein Nest genommen, um es in Musik zu setzen, weil es ihm gar so gefiel. Von dem hab' ich hinterdrein erfahren, daß es so lautet:

Es plaudern in Linden und Buchen
So lustig die Vögel im Chor.
Ich muß wandern und traurig suchen
Meine Schwester, die ich verlor!

Es sind viel Bahnen und Straßen
Und blühen wohl alle so schön,
Und bist du nicht trüb und verlassen,
Du magst sie in Freuden gehn.

Mir aber vor Gram und Sehnen
Im Wandern das Herze bricht.
Ich seh vor den leidigen Thränen
Den blühenden Frühling nicht.

Ein Glück war's eigentlich, daß der Zettel von dem
Kapellmeister aufgefangen wurde; denn er hätte
Glückspilzchen nur noch betrübter gemacht, und sie war's
schon genug. Da kam aber auf einmal eine garstige alte Frau
hinterm Baum vor, weiß Gott, wo sie eigentlich gewachsen
war, hatte eine tüchtige Birkenruthe in der Hand und rief:
Wart nur, du böses Kind! deinen armen Tanten
wegzulaufen, die sich nun abgrämen, und du bist's gar
nicht werth. Nun lauf nur vor mir her, ich will dich schon
heim bringen! – Damit fing sie an, die Ruthe zu rühren und
sie auf Glückspilzchens Rücken zu schwingen, daß die eilig
sich auf die Beine machte; aber die Alte war eben so flink
hinterher trotz ihrer grauen Haare, und kein Schlag ging
verloren. Ach, rief das kleine Mädchen ganz außer Athem,
wer seid Ihr denn, Ihr häßliche alte Frau! Au! das war aber
grob! – Was da grob! erwiederte die Alte, und schlug noch
ärger, du hast's nicht gelinder verdient. Ich bin die Frau
Bösgewissen, und laure dir schon seit vorgestern auf, und
werde dich nicht eher in Ruhe lassen, als bis du dich
besserst und nimmer so eine leichtfertige Person bleibst,

sondern hübsch Sitzefleisch hast und artig zu Haus und fleißig in der Schule wirst. Verstehst mich? – Ach ja, liebe Frau Bösgewissen, rief Glückspilzchen und lief dabei, als hätte sie Feuer unter den Sohlen, laßt's nur für diesmal genug sein! ich will ja auch ein frommes Kind werden. – Nun denn, sagte die Alte und steckte die Ruthe ein, noch einmal will ich dir's nachsehn. Aber nimm dich in Acht; ich hause nicht im Wald allein, und kann dich auch bei deinen drei Tanten besuchen. Also sei gut und denk' an mich! – Nach diesen Worten war's plötzlich stille, und als Glückspilzchen besorglich umschaute, war von der Frau Bösgewissen nichts mehr zu sehn; aber ihre Ruthe war als wie zur Warnung an den nächsten Baum gebunden, und Glückspilzchen that der Rücken noch immer weh. Ach und wie sie noch zehn Schritte gethan hatte, da ward's hell zwischen den Bäumen und der Wald hatte ein Ende. Am Saume des Waldes aber saßen – nun rathet einmal! Ich will unterdessen ein neues Kapitel anfangen.

Sechstes Kapitel.
Wie sich Alle wieder zusammenfinden und der lange Poet seine Fährlichkeiten erzählt.

Die drei Tanten waren's nämlich und die Pedanterliese, und saßen alle Vier auf einer Bank, die sie dazu mitgebracht hatten aus der Stadt. Die Tanten weinten gar heftig, und die Quellen ihrer Augen hatten die drei Waldbächlein gebildet, auf deren einem die arme Käke davongeschwommen war. Die Pedanterliese weinte nicht, dazu war sie viel zu böse, und sagte in einem fort: Warum läuft sie auch weg und ist noch so wenig gesetzt! Da bin ich doch viel besser erzogen. Tante Strickerina verwies ihr das, hatte aber nicht Alles gehört, weil sie eifrig bei ihrem Strumpf war. Buchstabiria las auch ganz eifrig ein Erziehungsbüchlein. Die dritte hieß Tante Schönekünstchen, und weil sie so viel zeichnete, war ihr ein Bleistift an die rechte Hand festgewachsen; den konnte man spitzen so viel man wollte, und er nahm doch kein Ende. Sie hatte auch ein Zeichenbuch mitgebracht, aber vorläufig hatte sie so viel zu weinen, daß sie's nicht brauchen konnte; denn sie hatte Glückspilzchen viel lieber als die andern Tanten.

Ach liebe gute Tanten! rief auf einmal eine feine Stimme, und eh sie noch Zeit hatten sich recht zu besinnen, lag ihnen Glückspilzchen am Hals und herzte und küßte sie und bat so rührend ab, daß die Thränen plötzlich zu fließen aufhörten und die drei Bächlein zwischen den Gräsern verrannen. – Da erzählte Glückspilzchen Alles, wie es ihr ergangen, und als sie an die Geschichte mit Frau Bösgewissen kam, machte sie's so natürlich, daß der Pedanterliese himmelangst wurde. Tante Buchstabiria aber nahm sie gehörig ins Gebet; da ging sie ernsthaft in sich, fiel Buchstabiria reuig um den Hals und bat mit vielen Thränen und guten Gelöbnissen alle ihre Unarten ab.

Das wäre nun so weit ganz schön gewesen, wenn sie nur gewußt hätten, was aus dem langen Poeten, dem blonden Schusterjungen und der Käke geworden sei. Wie sie nun eben wieder zu weinen anfangen wollten, hörten sie noch zu rechter Zeit eine Ziehharmonica aus dem Walde, und Einer pfiff dazu, während ein Anderer sang:

Alle Sternlein sind verblaßt,
Gleich dem Mond, dem silberblanken.
Siehe, wie der goldne Glast
Zittert über Busch und Ranken.

So du schwer gerungen hast
In der Nächte irrem Schwanken,
Menschenkind, o sei gefaßt,

Wenn die letzten Sterne sanken!

Denn dereinst nach kühler Rast
Sollst du, frei von Leibes Schranken,
Ew'gen Sonnenlichtes Gast
Heilen deines Busens Kranken.

Da kommen sie! schrie das kleine Glückspilzchen, und in demselben Augenblick trat der lange Poet mit dem blonden Schusterhansel aus dem Walde heraus, und der Poet trug auf dem einen Arm die Käke, auf dem andern den kleinen waldursprünglichen Kerl aus Tannenzapfen mit dem Frack von Sandpapier und dem Korbe auf dem Rücken, darinnen die Schwefelhölzchen noch alle vorhanden waren. Glückspilzchen aber lief ihrem Bruder winkend und rufend entgegen; da setzte er was er trug nieder und fing sie in seinen Armen auf,

Und die Engel im Himmel sich's zeigen,
Entzückt bis in Herzensgrund,
Wenn Bruder und Schwester sich neigen
Und küssen sich auf den Mund.

Dann lief Glückspilzchen auf die Käke zu, nahm sie streichelnd und schmeichelnd in die Arme, und die Pedanterliese hatte nichts dagegen einzuwenden.

Mittlerweile hatte der Lange die drei Tanten mit dem blonden Hansel bekannt gemacht, der ein bischen sehr verblüfft dastand, und besonders verlegen nach Pedanterlieschen schielte, was seinem Geschmack eigentlich keine Schande machte. Er mußte sich indessen neben Tante Schönekünstchen setzen, weil Die Absichten auf ihn hatte, nicht ihn zu heirathen, sondern ihn zu zeichnen. Der lange Poet saß indessen auf einem niedrigen Steine vor den drei Damen und brachte seine Beine nur kümmerlich unter. Dann fing er an seine Schicksale zu erzählen, während der unglückselige Hansel ohne Gnade still sitzen mußte.

Was dem langen Poeten im Walde begegnet.

Ich habe böse Träume gehabt die Nacht über, erzählte er, und wachte ganz gegen meine Gewohnheit in der frühen Morgendämmerung auf. Mein erster Gedanke war gleich an Glückspilzchen, und ihr könnt denken, daß ich einen Tausendschreck hatte, wie ich mich mutterseeleneinsam in dem grünen Gras liegen sah, Glückspilzchen weg, der blonde Hansel verschwunden und die Käke dazu. Nur zwei kleine Holzhauerbuben waren bei mir; die fuhren nicht wenig erschrocken in die Höh', als ich mich aufrichtete, denn sie hatten meine langen dünnen Beine in den grauen Hosen für zwei Baumwurzeln gehalten und sich gemüthlich darauf niedergelassen, um zu frühstücken. Ich befragte sie, ob sie nicht ein kleines Mädchen gesehn hätten, so und so angethan; aber sie schüttelten den Kopf und liefen furchtsam davon. Da ward mir gar blümerant zu Sinne; ich schrieb ein paar weinerliche Verse auf ein Baumblatt und machte mich dann auf die Beine, Glückspilzchen nach und meinem Tannenmusje, den ich unterwegs irgendwo zu erwischen hoffte.

Ich war noch gar nicht weit gegangen, da sah ich einen kuriosen Kerl daher kommen, und ein Lakai lief hinterdrein mit einem großen Korbe, daraus verschiedene Flaschen mit Käppchen von schönem rothen Siegellack hervorschauten. Der Kuriose kam gerade auf mich zu, sagte mir, er sei Prinz Schnudi und freue sich, endlich einen Menschen zu finden in der schauderösen Wildniß, in die ihn Prinzessin Marzebille verbannt habe. In die sei er nämlich ganz unsterblich verliebt; aber sie wolle ihm nicht eher Gehör schenken, als bis er seine Liebe dadurch erprobt habe, daß er in der Wildniß herumlaufe und eine poetische Liebeserklärung zu Stande bringe. Mit dem

Herumwildnissen ging' es passabel, so mäßig er leben müsse; aber er habe sein Lebtag nicht zwei Verse gemacht und werde sich nächstens, sobald sein Wein zu Ende gehe, bei lebendigem Leibe todtschießen, denn er halte es nicht länger aus vor Gram.

Wie ich ihn von solchen Aengsten behaftet sah, jammerte er mich und ich war sehr freundlich zu ihm, trotzdem daß er ein Prinz war. Ich sagte ihm, ich wär' meines Zeichens ein Poet und wollte ihm gern mit einigen Reimen unter die Arme greifen, so gut ich's halt könnte ohne mein Feuerzeug. Indessen wüchse hier herum Waldmeister in Menge; er sollte doch einen Maitrank bereiten, auf daß ich mich hinterher stärken könne; denn ich war noch nüchtern wie ein Sieb. Da hättet ihr die königliche Hoheit Luftsprünge machen sehn sollen, ging auch flugs mit dem Lakaien ans Werk, während ich in seine allerhöchste Schreibtafel folgende Verse schrieb:

> O du süße Marzebille!
> Warum bannt dein strenger Wille
> Mich in dieser Wälder Stille?
> Wär' ich, ach, die Nachtigall
> Mit der Lieder holdem Schall,
> Daß mich bald ein Vogler finge
> Und in deine Kammer hinge!
> Wär' ich einer von den Hirschen,
> Daß mich könnt' der Jäger birschen,
> Und auf deine Tafel schicken
> Meine Keulen, Brust und Rücken!
> O wie würde mich's beglücken,
> Schnittst du trauernd sie in Stücken,
> Aeßest dann sie mit Entzücken,
> Wie du jetzt mit Liebestücken
> Mir das Herze thatst berücken,
> Daß mir weiter nichts will glücken,

Meine Sehnsucht auszudrücken,
Als mich tief vor dir zu bücken
Und zu bitten unterthänig,
Lindre meine Qual ein wenig!

Nachschrift. Königliche Hoheit,
Uebersieh die arge Rohheit
Dieses Briefs und meiner Schrift.
Thust du 's nicht, so nehm' ich Gift,
Und dann schließt auf ewig zu die
Augen der verliebte Schnudi.

Als ich diese Verse dem Prinzen vorlas, war er vor
Entzücken ganz außer sich. Er bat mich tausendmal um
Entschuldigung, wenn er augenblicklich in seinen Wagen
stiege, der am Saume des Waldes warte, denn er könne sein
Glück nicht länger aufgeschoben sehen. Noch ehe ich mich
besinnen konnte, war er mit der Schreibtafel, dem Lakaien
und dem Korbe verschwunden und hatte mich allein zurück
gelassen unter vier Augen mit einer Flasche Maitrank, die
mich so ziemlich über den eiligen Abschied der prinzlichen
kuriosen Person tröstete.

Ich hatte einen Augenblick meiner kleinen Schwester und
des Tannenmusjes vergessen, denen ich doch eigentlich
nachlief. Nun aber ging ich gar wehmüthig fürbaß, trank
von Zeit zu Zeit aus der ehrlichen Flasche und war
kreuzunglücklich, denn von den Verlornen fand ich keine
Spur. Ich weiß nun nicht, kam's von der Betrübniß oder
vom Maiwein, kurz und gut, mir ward ganz träumerisch,
dazwischen ein bischen toll und unsinnig, daß ich bald die
Bäume umarmte und ihnen lange Reden hielt, bald auf
einem Bein über Stock und Stein sprang und
Glückspilzchen richtig wieder vergaß. Wenn ich dann aber
den traurigen Rappel bekam, mußte ich gleich wieder an den
verlornen Wildfang denken und klagte Sonne, Mond und

Sternen mein Leid. Ich habe dabei eine ganze Menge Verse aus dem Stegreif losgelassen, kann mich aber auf keinen mehr besinnen.

Da kam auf einmal eine steinalte Frau des Weges, einen Korb auf dem Rücken, ein Reisbündel in der Schürze vor sich, und hatte mehr Runzeln im Gesicht, als Haare auf dem Kopf. Ich aber in meiner Verdrehtheit denke: So wahr ich Paul heiße, ist die da nicht mein alter Schatz, die mir gerade vorm Jahre den Dienst aufgekündigt hat? Und da schoß mir richtig die alte Liebe wieder so stark zum Herzen, daß ich vor Wallung nimmer weiter konnte und mich der Herzallerliebsten gerade in den Weg stellte. Dabei sagte ich ungefähr folgendes:

> Es weht aus einander der lose Wind
> Die Wellen und Wolken und Flammen.
> Zwei Herzen, die für einander sind,
> Die finden sich immer zusammen.
>
> Mein Haar ist worden dünn und grau,
> Meine Wange welk und bleich.
> Mein Liebchen, blicke mich an genau,
> Und du erkennst mich gleich.

Somit breitete ich die Arme aus und wollte sie gerührt an mein Herz drücken. Da fing sie ganz entsetzlich an zu keifen, was das für ein Nestküken sei, der ein altes Weib am Narrenseil zu leiten gedächte, und ich sollte sie ihrer Wege gehn lassen. Weiß der Himmel was ich dachte! so viel ist gewiß, ich ließ sie nicht los, umfing sie vielmehr zärtlich und sang:

> Kehr um, kehr um und tanz mit mir
> Und weich mir nicht von der Seiten.
> Die Vöglein singen so lockend hier,
> Im Takte die Bächlein gleiten.

Ich bin beglänzt, du bist beglänzt
Von Maiwein und von Liebe.
Der Wald der ist von Sonne beglänzt,
Daß er nicht nüchtern bliebe.

Die ganze Welt hat einen Glanz,
Sie tanzt mit uns in die Runde.
Und sind wir Alle müde vom Tanz,
Das ist die jüngste Stunde.

Und nun begann ich so ausgelassen zu tanzen, daß die
Vögel im Wald glaubten, es käme ein Erdbeben, und meiner
schönen Tänzerin wackelten die alten Knochen und sie
schrie gar gottserbärmlich. Laßt mich los! rief sie und wollte
sich mir entwinden. Ich aber immer noch in dem guten
Glauben, es sei mein altes Liebchen und sie wolle nur nichts
von mir wissen, hielt sie nur fester und schwätzte ihr das
ungewaschenste Zeug in die Ohren. – Er Nichtsnutz! war
die Antwort, laß Er mich los, ich rath's Ihm, oder es
bekommt Ihm schlimm. Joseph, Joseph! rief sie darauf. Ich
meinte, sie riefe den Pflegevater des Christkindleins um
Hülfe an; wie ich aber eben wieder einen prächtigen
Luftsprung mit ihr gethan hatte, kam plötzlich ein
stämmiger Gesell von der Seite her auf mich zu, hatte einen
tüchtigen Stecken in der Hand und prügelte so wacker auf
mich ein, daß mir Hören und Sehen verging und ich über
eine Baumwurzel stolpernd gar unsanft zu Boden fiel.

Da lag ich nun längelangs, und der Glanz verging mir;
denn ich konnte mich nicht regen, so zerschlagen war ich.
Ich hörte aber, wie das Weib dem Joseph die Historie
berichtete, und der darauf sagte: Er wird's nimmer wieder
thun, ich hab ihm den Garaus gemacht. Was hast aber da
für eine Puppe im Korb? – Ist mir heut unter die Finger
gerathen, da ich Holz sammelte, erwiederte das Weib. Wollt's
unserm Enkelkind als Spielzeug geben. – Es hat ein

gefährlich Ansehn, sagte der Joseph darauf. Wirf's weg! kannst nicht wissen, ob's nicht behext ist oder der Teufel selbst, den du dir auflädst und wirst ihn nimmer los danach. – Ich hörte was fallen ins Gras; dann schritten die Beiden weiter und ließen mich allein mit meinen Beulen und meinem Aerger, daß ich so eine alte Schachtel für mein junges Liebchen angesehn hatte.

Nach und nach ward mir besser zu Muth; da richtete ich mich auf und schaute um. Neben mir lag mein grauer Hut und war eine einzige Beule; ich zog ihn wieder zurecht und suchte emsig umher im Grase; denn ich war neugierig auf die verdächtige Puppe der Alten. Da könnt ihr denken, wie ich froh überrascht wurde, als ich meinen Tannenmusje liegen sah und alle Schwefelhölzchen hatte er noch, die er von mir mitgenommen hatte. Er wäre mir am Ende auch wieder entwischt; aber beim Fallen aus dem Korbe hatte er das Bein verstaucht, somit war ihm das Getragenwerden bequemer.

Wir haben uns nun mitsammen auf den Weg gemacht, und wenn ich nicht die Angst um Glückspilzchen ausgestanden hätte, wäre ich leidlich fidel gewesen. Zum Glück kam da so eine alte Hexe mit einer Ruthe in der Hand hinterm Busch hervor und erzählte mir, sie sei die Frau Bösgewissen und habe für Glückspilzchen schon gesorgt und ihr die Wege gewiesen. Eigentlich habe sie mit mir auch ein Hühnchen zu rupfen, daß ich dem Maiwein so zugethan sei und den schönen Mädchen und sonst ein leichtsinniger Patron sei; aber sie wolle es diesmal noch vergeben, wenn ich Besserung angelobte. Und nun ich mein Feuerzeug wieder habe, solle ich nur gleich an mein Heldengedicht gehen und nicht auf der Bärenhaut liegen. Uebrigens wäre der Weg geradeaus der richtige.

Damit machte sich die Dame Bösgewissen wieder unsichtbar, fitzte mich nur noch leise mit der Ruthe, daß mich's im Weitergehn ein Bischen brannte. Und so fand ich bald den blonden Schusterjungen mit der Käke auf dem Arm, und der Weg zu euch war nimmermehr eine Tagereise.

Siebentes Kapitel.
Wie sie noch Einiges zu schwätzen haben und sich dann auf den Heimweg machen.

Jetzt schwieg der lange Poet, und ein Engel ging durch die Gesellschaft, wie man zu sagen pflegt. Indessen nahm Tante Buchstabiria das Wort und sagte: Lieber blonder Schusterjunge, nun erzähle auch, was dir begegnet ist und wie du zu der Käke gekommen bist. – Ach Gott, ich bin eben an der Unterlippe! rief Tante Schönekünstchen. – Das half aber Alles nichts; die beiden andern Tanten bestanden darauf, daß sie das Buch zumachen und der blonde Hansel erzählen sollte.

Da wurde der gar verlegen, räusperte sich und schielte nach Pedanterlieschen hinüber, und dann fing er so an: Es war mitten in der Nacht, da fuhr ich ganz erschrocken in die Höhe; denn die Maikäfer hielten Ball auf meiner Nase und das krabbelte und kribbelte, daß es nicht auszuhalten war. Ich wischte sie mit der Hand herunter, saß dann und überdachte meine Lage. Ich war ausgezogen, um die Fleischtöpfe Aegypti zu finden, und die hatte ich nicht gefunden; vielmehr war ich von der verdrehten Gärtner- und Vogler-Gesellschaft herausgeworfen worden, hatte eine halbe Nacht unter freiem Himmel geschlafen, und die Maikäfer waren mir auf der Nase herumgesprungen. Da entschloß ich mich rasch, ich wollte die Reisegesellschaft verlassen – denn da war ich doch der Dümmste von Allen – und auf eigne Hand und eignen Füßen nach Rom wandern, von da mich übersetzen zu lassen nach Aegyptenland. Ich nahm also meine Ziehharmonica mit acht Klappen und drei Luftlöchern, lud mein Bündel auf den Rücken und drückte dem schlafenden langen Poeten die Hand; die kleine Mamsell aber ward ich nicht gewahr. Dann suchte ich so gut es ging vorwärts zu kommen in dem stockdustern Wald; aber die Bäume mußten wohl böse sein, daß ich sie im Schlaf störte, denn sie stießen mich rechts und links und richteten mich erbärmlich zu, daß ich froh war, wie's endlich Tag wurde.

Mir ist aber keine Seele begegnet, weder der verliebte Prinz Schnudi, noch die Alte mit dem Reisbündel, noch endlich die Dame Bösgewissen. Ich hatte nur Hunger und Durst, und das ist auch natürlich, denn ich will ein ganzer Schusterjunge sein, und die sind immer hungrig, auch wenn sie eben vom Essen kommen. So lief ich die Kreuz und Quer im Walde herum und fand nicht heraus. Auf einmal aber kam ich an drei Bächlein, die neben einander durchs Gras flossen; da stand ich still und hätte gern getrunken; aber das Wasser war bittersalzig. Ich simulirte eben, wie ich hinüber kommen sollte, da sah ich wie die Puppe der kleinen Mamsell dahergeschwommen kam, und weil ich fürchtete, sie müsse am Ende ersaufen, obwohl sie ganz gemächlich auf dem Rücken lag und ihr Kleidchen sie trug, warf ich die Jacke, das Bündel und die Ziehharmonica mit den acht Klappen und drei Luftlöchern am Ufer nieder und stürzte mich der Puppe nach.

Ich erwischte sie auch richtig und hielt sie fest; aber die Strömung war so reißend, daß ich selbst mit fortgerissen wurde und, so stark ich mit den Armen arbeitete, nicht ans Ufer gelangte. Gewiß wär' ich dabei zu Grunde gegangen, wenn nicht wie durch ein Wunder der Bach auf einmal in den Sand gelaufen wäre und mich auf dem Trocknen liegen gelassen hätte. Da stand ich ganz munter auf, nahm die Käke in den Arm und ging zu der Stelle zurück, wo meine drei Siebensachen noch ungestohlen beisammen waren. So wanderte ich weiter und traf den langen Herrn Poeten, was mir jetzunder ganz recht ist, denn – ich habe all mein Lebtag so was Schönes nicht mit Augen gesehn – als – –

Da stockte der Hansel und wurde blutroth im Gesicht und schielte immer auf die Pedanterliese, die auch längst schon aufgehört hatte, sich mit der Käke abzugeben, und keinen Blick von dem blonden Schusterjungen wandte. Der Poet aber rieb sich stillvergnügt die Hände und sang leise vor sich hin:

> Ein Stündlein sind sie beisammen gewest,
> Ein Stündlein läuft so geschwind,
> Und saßen einander im Herzen schon fest;
> Die Liebe die kommt wie ein Wind.

> Du junger Gesell, nun hüte dich fein,
> Nun hüte dich, schönes Kind,
> Und verriegele gut deines Herzens Schrein;
> Denn die Liebe die geht wie ein Wind.

Tante Buchstabiria aber trat zu ihm und hatte eine Menge Einwendungen zu machen. Die Erziehung sei noch nicht beendet; sie müsse erst noch Stunden nehmen über die Pflichten der Gattin und Mutter; auch sei der Hansel arm, und das sei bei einer Heirath das Allerschlimmste. Auf all das hörte der Lange nicht; er sagte, so müsse es von Gottes- und Rechtswegen immer hergehn, daß der Gänsejunge die Prinzessin oder der Schusterjunge das Pedanterlieschen heirathe, und der blonde Hansel sei ein gar reputirlicher Freier und gerade wie gemacht für sie. Uebrigens sollten sie ihn nur machen lassen, er werde die ganze Geschichte nach Wunsch zu Ende bringen; denn dafür sei er Poet und könne machen, was ihm gut schiene, und die Großmuth koste ihn nichts.

Da ergab sich Tante Buchstabiria, ließ eilig anspannen,

und die ganze Gesellschaft fuhr nach Hause. Die Bank hatten sie zurückgelassen vor lauter Freude, daß sie Alle wieder beisammen waren, und vollführten im Wagen eine erschreckliche Ausgelassenheit; nur der Schusterjunge und die Pedanterliese waren stumm. Der Lange aber hatte die Beine, die er im Wagen nicht unterbringen konnte, zum Schlage herausbaumeln, warf allen Bauerdirnlein, die vorbeigingen, Kußhände zu und sang:

> Zehnerlei Kräuter hauchen
> So süßen Duft im Maien;
> Könnt' ich in Wein sie tauchen,
> Bliebe mir Sorge fern.
> Von Durst mich zu befreien,
> Auf Rath vergebens denk' ich.
> Ach hätt' ich Geld, wie tränk' ich
> Mir einen Glanz so gern!

> Liebe den Andern winket
> In jungen Lenzes Schimmer.
> Wenn mir nur Maiwein blinket,
> Neid' ich sie nicht den Herrn.
> Durch schöne Augen nimmer
> In Leid und Kummer sänk' ich –
> Ach, hätt' ich Geld, wie tränk' ich
> Mir einen Glanz so gern!

> Muß ich auch einsam gehen,
> Wenn Liebe schleicht zu Zweien,
> Kann ich doch doppelt sehen
> Frühling und Mond und Stern'.
> Drum hoch, du Trank des Maien!
> Allstund an dich gedenk' ich –
> Ach hätt' ich Geld, wie tränk' ich
> Mir einen Glanz so gern!

Und dabei jodelte er und trillerte so laut, daß die Käke, die in Glückspilzchens Arm eingeschlafen war, aufwachte, sich die Augen rieb und sagte: Ach nun haben sie Alle Geschichten erzählt, und mich fragt keiner, was mir begegnet sei. – Du armes Dummerchen, fiel Glückspilzchen ein, wer denkt auch, daß du schon was erlebst! Erzähle aber nur. – Da spitzten sie alle die Ohren, und die Käke fing an: Wie mich der Bach mit fortnahm, war ich sehr angst, ich möchte ertrinken. Da strampelte ich mit Händen und Füßen, und weinte. Auf einmal hörte ich wie der Bach sagte: Sei ruhig, Püppchen, will dir auch ein Märchen erzählen. Das ließ ich mir denn gern gefallen und er erzählte

Das Märlein von Perlemutter und Perlevater.

Unten tief auf dem Meeresgrunde, wo es ganz klar und stille ist, liegt eine große Wiese von Meergras, und auf der Wiese steht das Haus von Perlemutter und Perlevater. Das sind zwei uralte wunderliche Leute, können das Wasser vertragen wie die auf der Erde die Luft, und der Perlevater hat einen langen Bart von Schilfgras, aber die Perlemutter trägt ein glänzendes Kleid und eine Haube von silbernen Fischschuppen. In ihrem Hause ist ein großer Saal und stehen unzählige Bettlein darin; da schlafen die Nacht über alle ungebornen Kindlein, so noch nicht ans Tageslicht gekommen sind, und warten bis der Storch sie abholt. Tagsüber jedoch sitzen sie auf kleinen Sandbänkchen um Perlemutter und Perlevater im Kreise auf der großen Meergraswiese, und Perlemutter erzählt den Mädchen traurige Märlein, Perlevater aber den Buben, bis sie alle die Thränen nicht mehr halten können. Alle Thränen aber werden zu Perlen, die die Alten Nachts, wenn die Kinder zu Bett sind, aufsammeln, in die Perlenmuscheln thun und noch vom Mond ein bischen versilbern lassen.

So geht es tagaus tagein, bis für Jedes die Stunde schlägt,

daß es auf die Welt kommen soll. Die weiß aber Perlevater und Perlemutter ganz genau, und da nehmen sie das Kind Nachts aus dem Bettchen und steigen damit hinauf an die Meeresfläche, wo der Storch schon wartet mit hübschen trocknen Windeln und es warm eingewickelt davon trägt. Am Morgen vermissen die andern das entführte Gespiel wohl; aber sie haben keine Zeit, sich darüber Gedanken zu machen, denn sie müssen gleich wieder die Märlein von Perlemutter und Perlevater hören und Perlen weinen.

Das Kind aber, das nun droben in der Wiege liegt, ist von dem hellen Sonnenglanz und den vielen Menschen, die es auf den Arm nehmen und herzen und küssen, ganz betäubt und blöde worden, und weil es kein Wort versteht – denn der Perlevater und die Perlemutter haben eine ganz andre Sprache geredet – weint es und schläft es den ganzen Tag. Allmählich aber wird es inne, daß es ihm doch noch nirgends so wohl gewesen ist, als auf dem Schoß der Mutter, und da klammert es sich mit den kleinen Armen fest an sie an und hört sorgfältig auf jedes ihrer Worte, bis es alle gelernt hat. Darüber vergißt es aber alle die Märlein, die es unten auf der Schilfgraswiese gehört hat, und weiß gar nichts mehr von seinem früheren Leben, außer daß es eine Sehnsucht behält nach dem Meer, und wenn es auf einem Schifflein schwankt, lehnt es sich über Bord und kann sich gar nicht satt sehen an der blauen Tiefe.

Es ist einmal ein armer alter Mann mit schlohweißen Haaren gewesen, dem träumte von Perlemutter und Perlevater, daß er ganz bekümmert aufstand und ans Meer ging. Da setzte er sich in einen Kahn und fuhr ganz allein hinaus, und seine alten Arme erlahmten fast am Ruder. Er kam auch wirklich so weit, daß er unten das Haus auf dem Meeresgrunde sehen konnte und die beiden Alten, die den Kindlein erzählten, und es faßte ihn ein so heftiges Verlangen, wieder hinabzusteigen und über den rührenden

Märlein sein ganzes Erdenleben zu vergessen, daß er die Arme ausbreitete und hinabstürzte. Aber in die Tiefe gelangt Keiner zurück; zwei mitleidige Wellen nahmen ihn und trugen ihn ans Ufer. –

Wenn du aber fleißig und fromm und artig bist, sagte der Bach zu mir, kommst du in den Himmel und wirst ein Englein, und da erzählt dir das Christkindlein tausendmal schönere Märchen, als Perlemutter und Perlevater, und keine, über die du zu weinen hast, sondern fröhliche selige Geschichten, daß du vor lauter Glückseligkeit einen goldnen Schein übers ganze Haupt bekommen wirst, der nie wieder vergeht.

Damit war des Bachs Erzählung zu Ende, schloß die kleine Käke, und das Uebrige wißt ihr, wie mich der gute Schusterjunge aufgefischt hat.

Achtes Kapitel.
Wie eine sehr gute bürgerliche Hochzeit dieser romantischen Geschichte ein Ende macht.

Während der Fahrt nach Haus hatte Tante Buchstabiria noch ernsthafte Gespräche mit dem langen Poeten; denn sie verstand sich ein wenig auf seine Kunst. Ei, sagte sie, Ihr habt ganz hübsche Geschichten erlebt; aber wenn Ihr einen Roman daraus machen wolltet, müßten nothwendig die Vogler und Gärtnerinnen wieder vorkommen, und was aus dem grillenfangenden Kegeljungen geworden, das wüßt' ein geneigter Leser auch gar zu gern. Nun steht's so lose neben einander, wie die Buchstaben im Abc. Der Poet lachte still in sich hinein und brummte: Es ist noch nicht aller Tage Abend, und was nicht ist, kann noch werden. Im Herzen aber war er doch ein bischen besorgt, wo's hinaus sollte.

Wie sie nun nach Haus gekommen, lief der lange Poet viel im Hause herum, hatte mit der Köchin zu tuscheln, und ließ Keinen in die Karten sehn. Er bekam auch mehrere Briefe, die er für sich behielt, denn die Andern waren Alle in der großen Schulstube eingesperrt, wo Pedanterlieschen ihren Bräutigam in den Wissenschaften examinirte und ihm aus übergroßer Gewissenhaftigkeit eine schlechtere Censur gab, als man von einer Braut hätte erwarten dürfen. Glückspilzchen aber brachte ihre Käke zu Bett, denn das arme Kind hatte den Schnupfen gekriegt. – Auf einmal öffnete sich die Thür, und der lange Poet lud die ganze Gesellschaft ein, ihn nach der Küche zu begleiten. Er selbst nahm den blonden Schusterjungen und Pedanterlieschen unter den Arm und ging voran.

Die Thür der Küche aber war festlich mit Blumenkränzen geschmückt und über dem Eingang stand mit goldnen Buchstaben:

> Aegyptenland ist hie zu sehn,
> Wo die berühmten Fleischtöpf' stehn.
> Bitt', trete näher wem's gefällt;
> Es ist umsonst und kost't kein Geld.

Da traten denn Alle höchlich verwundert ein und sahen ein Dutzend großmächtiger Fleischtöpfe am Feuer stehn und das allerurwürzigste Fleisch darinnen dampfen. Rings um den Herd standen schöne bunte Pyramiden vom vorigen Weihnachten, und die Kerzen darauf brannten, daß es eine wahre Pracht war. Der Poet aber trat vor und gab dem blonden Schusterjungen zwei Briefe. In dem einen stand, sein Herr Vormund sei mit Tode abgegangen und habe ihm noch, wie er eben im besten Sterben gewesen, alle seine Geldsäcke vermacht. Im zweiten stand, der König habe ihm für seine edle Aufopferung bei Rettung der kleinen Käke die Rettungsmedaille zu verleihen geruht, habe auch dem armen

Grillenfänger eine Pension ausgesetzt, damit er in Zukunft das Geschäft sorgenfrei und nicht mehr auf eigne Hand, sondern im Hause des jungen Schusters betreiben könne, falls sich Grillen darin einstellen würden. Es war das natürlich ein Ruheposten; denn bei der Vortrefflichkeit der beiden Leutchen war an Grillen kaum zu denken.

Nun begreift Jeder, welch eine fröhliche Hochzeit gefeiert wurde, und zwar an demselben Tage, an dem Prinzessin Marzebille dem Prinzen Schnudi die Hand reichte. Der aber schien den langen Poeten vergessen zu haben und galt im ganzen Lande für ein gewaltiges Licht, seitdem er die schönen Verse heimgebracht hatte.

Pedanterlieschen führte indessen ein sehr musterhaftes häusliches Leben und es hat sie nie der Schuh gedrückt; dafür sorgte ihr Mann, der sehr bequemes Fußwerk lieferte. Glückspilzchen dagegen hatte noch viel von der Erziehung auszustehn, machte sich indeß manche fröhliche Stunde in Wald und Feld, wobei sie sich freilich vor der Frau Bösgewissen in Acht nahm; und zuletzt verliebte sich ein Waldhornist Namens Eichhorn sterblich in sie, der ein schmuckes fideles Kerlchen war und von Allen hochgeehrt immerfort die Welt durchstreifte und sie einmal unversehens mitnahm. Der lange Poet aber saß nun fleißig bei seinem Heldengedicht, was er den Tanten sehr zu Dank machte. Nur war ihm Tante Buchstabiria immer noch böse wegen der Gärtnerfamilie, die nicht wieder zum Vorschein kam. Aber der Poet sagte, es sei alles eine wahre Geschichte, für die er nicht könne; denn da die Helden dieses Märleins, Gottlob! noch nicht gestorben seien, so lebten sie heute noch, und die liebe Tante sollte nur immer abwarten, ob die vermißte Gesellschaft nicht doch noch einmal ihren Besuch machte.

Das Märchen von Musje Morgenroth und Jungfer Abendbrod.

Erstes Kapitel.
Wie Musje Morgenroth in noble Verhältnisse kommt und wo er die Nacht darauf zubringt.

Es war einmal ein gewisser Musje Morgenroth, der war Stiefelputzer, und zwar ein sehr vornehmer, denn er putzte nur die Stiefel von Geheimeräthen. Außerdem besaß er ein absonderliches Genie für die edle Musica, denn er war eines Organisten Sohn und hatte von seinem siebenten Jahr an Bälge treten müssen, war also von schönen alten Liedern voll und klimperte auf der Guitarre gar herzbrechend die Begleitung. Das Stöckchen von Pfefferrohr, ohne das kein ehrlicher Stiefelputzer sich durch die Welt schlagen kann, ließ er den ganzen Tag nicht von sich, und Nachts legte er's in ein Puppenbettchen, das von seinem jüngsten Schwesterlein her, Gott habe es selig! als Erbstück auf ihn gekommen war; denn er liebte beide sehr, Stöcklein und Schwesterlein. Er hatte nur einen Rock und einen Wunsch, die er beide schon sehr lange mit sich herum trug. Dem Rock ging es umgekehrt wie dem Wunsch; er wurde immer schäbiger und bequemer, während der Wunsch stärker ward und unbequemer. Dieser bestand aber in nichts geringerem, als ob's nicht möglich wäre, daß er einmal dahin käme, wo der Pfeffer wächst. Da müßte ja, meint' er, recht das Land für die Stiefelputzer sein, wo die Pfefferröhre wild wüchsen, und nicht so ein Heidengeld kosteten. Ja, wer doch da einmal hinkönnte!

Eines schönen Abends, da der Mond eben aufgegangen war, wanderte Musje Morgenroth zum Thor hinaus, an den Landhäusern der reichen Leute vorbei, hatte die Guitarre im

Arm, das Pfefferröhrchen guckte ihm hinten aus der Rocktasche und der Hut saß recht windschief auf dem linken Ohre. Meiner Seel, sagte er und sah zu den Sternen hinauf, was der liebe Herrgott für Arbeit haben muß, bis er Sonne, Mond und Sterne blank geputzt hat! Wundert mich aber doch, daß er den Mond nicht blanker kriegt. Die dummen Flecken da scheinen sich schon lange eingenistet zu haben. – Er schüttelte den Kopf und that sich heimlich auf seine Stiefelputzerweisheit nicht wenig zu Gute. Es war nur sein Glück, daß er nicht mehr in die Höh' sah; denn der Mond schnitt ihm ein spöttisch Gesicht und die Sternlein warfen mit Schnuppen nach ihm, um ihn zu necken, von denen aber keine traf. Er nahm wieder seine Guitarre vor, schlug einige Accorde an und sang dann folgendes Lied:

> Spazier' ich so die Gass' entlang,
> Wenn kaum der Tag verrauschet,
> Dann heb' ich an einen trauten Sang,
> Dem manch ein Dirnlein lauschet.
>   Wo eins in Liebchens Armen ruht,
>   Dem dünkt das Liedel wundergut;
>   Wo einsam weint ein junges Blut,
>   Dem soll's gar tröstlich frommen.
>
> So weit der goldne Sonnenschein
> Mag auf die Erde blicken,
> Will sich zusammen nichts so fein
> Als Lieb' und Musik schicken.
>   Das wußt' auch König David wohl
>   Und sang zur Harf' in Dur und Moll
>   Höchst meisterlich und wundervoll
>   Die allerbesten Lieder.
>
> Und dies geschah vor Alters schon,
> Ist dennoch wahr geblieben;
> Ich mein', ich säß' auf Davids Thron,

Sing' ich ein Lied vom Lieben.
   Und wer dies Liedel hat erdacht,
   Der hat so manche liebe Nacht
   Ein Ständchen seinem Schatz gebracht.
   Die ließ ihn ein zum Danke.

Wie er eben fertig war und klimperte noch so eine Art von Nachspiel, wurde in einem kleinen Gartenhäuschen ein Fenster aufgemacht, hart bei ihm, und eine steinalte Frau lehnte sich heraus. »Guten Abend, Herr Minnesinger!« sagte sie ausnehmend freundlich. »Wo habt Ihr denn das schöne Lied her, das Ihr so wunderlieblich gesungen habt?« – Schönen guten Abend, gnädige Frau Geheimeräthin! erwiederte Musje Morgenroth – denn so nannte er aus langer Gewohnheit jede vornehme Dame, die ihm vorkam – mit dem wunderlieblichen Singen ist's wohl nicht weit her (das war aber die pure Bescheidenheit). Das Lied jedoch ist ein Erbstück in unsrer Familie; der Urgroßvater hat es gesungen, da er Bräutigam war. – Ei, sagte die alte Dame, wer seid Ihr denn? – Ich bin der Stiefelputzer Morgenroth, gab der mit dem schiefen Hut zur Antwort. – Das ist ja ein wunderhübscher Name und eine sehr ehrenwerthe Kunst, sagte die Dame wieder. Hättet Ihr wohl Lust, noch eine Stelle anzunehmen? – Ja, meinte Musje Morgenroth ganz stolz, ich putze nur die Stiefeln und die Schuhe in Geheimerathsfamilien! – Ach du lieber Gott! lachte die alte Dame, ich bin noch weit vornehmer. Ich bin eine Fee außer Dienst, und weil ich gar zu wackelig geworden bin, habe ich mich in dies Gartenhäuschen zurückgezogen und lebe von meinen Renten. – Musje Morgenroth zog seinen Hut und machte einen tiefen Bückling. Ich stehe ganz zu Diensten, sagte er. – Damit schien die Fee ganz zufrieden und sagte: Hört einmal! ich habe noch eine leere Kammer im Gartenhaus; da könntet Ihr wohnen. Müßt dann aber Eure andern Stellen aufgeben; denn bei mir habt Ihr Alles frei und einen neuen Anzug zu Geburtstag und Weihnacht, aber keinen Lohn, sondern wenn Ihr mir ein Jahr lang gedient habt, sollt Ihr einen Wunsch thun dürfen, den will ich Euch erfüllen, so groß er auch sein mag. – Das ist alles ganz schön, gab Musje Morgenroth zur Antwort; aber Ein Haus kann ich nicht aufgeben, dem Geheimerath von Fresco seins; da putz' ich schon seit meinen Schuljahren die Stiefel. – Auf das eine Haus soll mir's nicht ankommen, sagte die Fee. Aber habt Ihr sonst Anhang? – Musje Morgenroth wurde ganz roth und sagte dann: Ich wüßte nicht; nur die Jungfer Abendbrod, die Köchin bei Fresco's, die ist mein Schatz, und mit der geh' ich alle Sonntage zum Tanz. – Ich kann gegen eine aufrichtige Leidenschaft nichts haben, erwiederte die alte Dame; aber nur darf sie mir nicht ins Haus. – Schon gut, brummte Morgenroth, wenn ich nur den Sonntag Nachmittag frei habe und zuweilen in der Woche ein Stündchen bei ihr sitzen kann. – Das soll Euch vergönnt sein, sagte die Fee. Also morgen, hört Ihr wohl? kommt Ihr mit Euren Siebensachen und richtet Euch ein bei mir. Gute Nacht, Musje Morgenroth! – Sanfte Ruh, Excellenz! sagte der Stiefelputzer; denn so nannte er die Dame, weil sie noch vornehmer war als die Geheimeräthinnen. Oben das Fenster wurde zugeschlagen und er stand wieder allein. Nun besah er das Häuschen mit Muße. Es war einstöckig, hatte ein hohes spitzes Dach und lauter grüne Jalousieen und nach der Straße zu keine Thür, sondern eine im Zaun; daran hing eine Klingel und auf dem Klingelschilde stand: Claribella, Fee außer Dienst. Das las aber Musje Morgenroth im Mondschein, machte dann seelenvergnügt Kehrt und schlenderte der Stadt zu.

Bin ich doch auf einmal in noble Verhältnisse gekommen! sagte er zu sich selbst. Morgen im Vorbeigehn ruf' ich's gleich dem Fritz ins Fenster hinein; da wird er sehn, daß ich doch ein andrer Kerl bin, als er. – Den Fritz aber konnte er nicht leiden, weil der mit einem spanischen Rohr die Kleider klopfte und über sein Pfefferrohr ganz schnöde Dinge zu sagen pflegte. Dann griff er wieder in die Guitarre, klimperte und sang dazu und machte einen Luftsprung über den andern.

Es floß ein kleiner Graben durch die Stadt, gerade hinter dem Hause vorbei, wo Jungfer Abendbrod Köchin war. Das Kämmerlein aber, darin sie wohnte, lag neben der Küche im Erdgeschoß, und zwar nach dem Wasser zu. Musje Morgenroth lös'te nun einen Kahn, den die Wäscherinnen brauchten, vom Pfahl, stieg hinein und ruderte mit einer der hohen Trockenstangen, die in Menge dalagen, unter seiner Liebsten Fensterlein. Da fing er leise an zu präludiren und sang:

> Spät im Mondenschein ich harre,
> Ich verliebter armer Narre,
> Seufze leise zur Guitarre:
> Lieber Schatz, ich bitte dich,
> Laß mich heute nicht im Stich!

Da that sich das Fensterlein auf und Jungfer Abendbrod sah gar freundlich heraus. Sie hatte ganz blondes Flachshaar, glatt gestrählt, und ein paar Wangen, die roth waren, wie die Aepflein am Baum. Das kam daher, daß sie den ganzen Tag in der Glut am Herde stehen mußte. Guten Abend, lieber Musje Morgenroth! sagte sie. Ich hab' Euch schon lange erwartet, denn ich hob eine prächtige Bratwurst und ein Weißbrod für Euch auf, dazu einen Milchweck mit Rosinen. – Viel tausend Dank, liebste Jungfer Abendbrod! sagte der im Waschkahn. Reicht mir nur die schönen Sachen heraus; denn ich habe einen grausamen Appetit. – Die Jungfer verschwand einen Augenblick; dann kam sie wieder zum Vorschein, gab ihm die Wurst in einer schönen blauen Düte hinab und das Weißbrod und den Milchweck auch, und Musje Morgenroth steckt's alles in seine Rocktaschen.

Darauf fing er an und erzählte ihr, wie er nun in so noble Verhältnisse gekommen und daß die Excellenz gesagt habe, gegen eine aufrichtige Leidenschaft könne sie nichts haben; und wenn das Jahr um wäre, wolle er sich Haus und Hof wünschen, dann könne er sie heirathen. – Aber sagt einmal, fragte die Jungfer, wie alt ist wohl die Dame? – Schatz, erwiederte Musje Morgenroth, es braucht der Eifersucht nicht. Sie sieht einer Nachteule ähnlicher als einem Menschen, und ich glaube gar, sie hat keinen Zahn mehr. – Ach Gott, wie komisch! rief Jungfer Abendbrod und lachte, bloß um ihre blanken Perlenzähne zu zeigen; denn eigentlich ist das doch gar nicht komisch, wenn Jemand keinen Zahn mehr im Munde hat. Sie schwätzten noch eine Viertelstunde zusammen, wie sie ihr Häuschen einrichten wollten, und eine schöne große Küche werd' ich haben und viel blankes Kupfergeschirr, sagte Jungfer Abendbrod; dann hörten sie wahrhaftig Mitternacht schlagen. Ich muß nun aber fort, meinte Musje Morgenroth. Nur noch einen Kuß, liebste Jungfer! Sie bog sich ein bischen heraus und er kletterte an der Wand hinauf, hielt sich oben an Fensterkreuz fest und gab ihr einen herzhaften Gutnachtkuß. Wie er sich umsah, um in den Kahn zurückzuspringen, war der hinterlistiger Weise fortgeschwommen, und die Guitarre lag auf der Ruderbank und schwamm mit. Ach Himmel! rief Musje Morgenroth, was fang' ich nun an? – Jungfer Abendbrod bekam einen gewaltigen Schreck. Hier hangen bleiben könnt Ihr nicht, das hält ja Niemand aus die ganze Nacht; und wenn Euch am andern Morgen die Leute sähen, ich wär' des Todes! Wißt Ihr was, ich lass' Euch in die Küche. – Damit half sie ihrem Liebsten durchs Fenster in ihr Kämmerlein, schob ihn aber eilig durch die Thür in die große dunkle Küche und schloß hinter ihm ab. Da stand nun Musje Morgenroth und wagte keinen Schritt zu thun. Endlich ging er ein wenig vorwärts, aber bauz! da stieß er an die Kante von dem großen Küchentisch. Er wußte zwar sonst ziemlich Bescheid hier; aber er war ganz verwirrt von dem Schreck, fand jedoch den Herd und streckte sich behaglich daneben hin, daß der Kopf auf einem Reisbündel zu liegen kam. Wie er nun so lag, fiel ihm ein, er hätte ja die Bratwurst noch in der Rocktasche und das Weißbrod nebst dem Milchweck mit Rosinen. Da fing er ganz vergnügt an zu essen, und das that ihm gar sanft. Hernach dachte er: Willst doch einmal sehn, ob Jungfer Abendbrod schon schläft; und da sang er mit leiser, leiser Stimme:

> Lieber Schatz, was machst du?
> Schläfst du, oder wachst du?
> Unten bei dem Feuerherde
> Lieg' ich auf der blanken Erde,
> Muß an dich so viel gedenken;
> Will kein Schlaf sich niedersenken,
> Weil die Sehnsucht immer wacht.
> Gute Nacht! Gute Nacht!

Aus dem Kämmerlein nebenan gab Jungfer Abendbrod eben so leise zur Antwort:

> Thät mich schon zu Bette legen,
> Bet' nur noch den Abendsegen.
> Mondschein zwischen Wolkenschäfchen
> Dämmert mich wohl bald ins Schläfchen.
> Lege dich fein still aufs Ohr!
> Mach mir nicht so viel Rumor,
> Daß im Hause Keins erwacht!
> Gute Nacht! Gute Nacht!

Das nahm sich Musje Morgenroth zu Herzen, betete noch ein Vaterunser, aber eh er's zu Ende hatte, war er richtig schon eingeschlafen. Die kleinen Mäuslein, die aus den Löchern herausschlüpften, wunderten sich nicht wenig über die ungewohnte Gesellschaft, ließen sich aber nicht stören, sondern hielten in der Küche Ball, wie alle Nacht, pfiffen sich lustige Stücklein zum Tanz, und wenn sie ausruhten, naschten sie aus Jungfer Abendbrods Zuckerdose oder knabberten an dem Brode, das im Küchentisch lag. Eins aber kam aus Versehen über Musje Morgenroths Nase gelaufen; da schlug er im Traum um sich, daß die ganze Gesellschaft erschrak und sich wieder verkroch. Und so hatte er die übrige Nacht Ruhe vor ihnen.

Zweites Kapitel.
Wie Musje Morgenroth sich einrichtet.

Der Hahn hatte noch kaum gekräht, da stand Jungfer Abendbrod schon bei ihrem Liebsten und weckte ihn. Guten Morgen, Schatz! sagte der und richtete sich auf. Au weh! ich bin einmal brav zerschlagen. Ach, und mich schläfert noch gewaltig! – Hilft nix, sagte die Jungfer, Ihr müßt absolut aus dem Hause hinaus. Der Wächter hat eben aufgeschlossen, und wenn erst die Bäckerläden sich aufthun, kommt Ihr nimmer unbemerkt fort. – Jesus! schrie da mit einem Mal Musje Morgenroth, und meine Guitarre hab' ich ganz vergessen. Die ist am Ende gestohlen! Ich überleb's nicht! – Und so stürzte er aus der Küche, lief die Treppen hinab und war zur Hausthür hinaus.

Es war lieblich frisch draußen und still; kein Mensch ging auf der Gasse; nur die alten Mütterlein, die nicht schlafen konnten, saßen in den Nachthauben am Fenster und begossen die Blumen, oder gaben dem Vögelchen sein Futter, damit das verschlafne Enkelkind, wenn's endlich aufwachte, seine Blumen frisch und den Liebling im Bauer lustig fände. Musje Morgenroth lief, ohne darauf zu achten, an den Graben und ging dann suchend dem Wässerchen nach. Da war denn der Waschkahn bis zu einem Kameraden hinabgeschwommen, der sich recht breit machte und ihn anhielt, und so mögen sie die Nacht sich eins erzählt haben. Die Guitarre lag unversehrt auf der Ruderbank, die Trockenstange unten im Kahn, und Musje Morgenroth schlug vor lauter Fröhlichkeit ein Rad bis in den Kahn hinein. Darauf nahm er die Stange zur Hand und fuhr wieder den Graben hinauf, ganz stille, daß Keiner das Plätschern hören sollte, band das Fahrzeug am Pfahl wieder fest und sprang mit der Guitarre hinaus.

Wie er dann durch die alte Stadt ging, war ihm zu Muth, als wäre er nie so fröhlich gewesen. Nein, sagte er, ich will heut den Fritz nicht ärgern, will ihm lieber ein Lied singen. Da stellte er sich vor Fritzens Kammerfenster und sang:

> Wenn die Hahnen frühe krähen,
> Macht sich auf Herr Morgenwind,
> Feget aus mit starkem Wehen
> Stadt und Flur und Wald geschwind.

> Allen Bäumen in der Runde
> Schüttelt er das Haar zurecht,
> Weckt die Blümelein im Grunde,
> Daß sich keins verschlafen möcht'.

> Nebel, die an Bergen hangen,
> Jagt er ohne Gnade fort.
> Kommt Frau Sonne dann gegangen,
> Find't sie's sauber allerort.

> Will sie ihrem treuen Winde
> Geben schönen Dank zum Lohn,
> Ist er, daß ihn keiner finde,
> Ueber alle Berge schon.

Und daran nahm sich Musje Morgenroth ein Exempel und

lief, als er den letzten Ton gesungen hatte, eilig fort in die Nebengasse. Da aber stand er still und sah um die Ecke, wie der Fritz ganz munter den Kopf hinaussteckte und sagte: Ei wer hat mir die schöne Morgenmusik gebracht? – Der Musikant aber lachte vergnügt in sich hinein und ging seiner Wege weiter.

So kam er an ein stattliches Haus, da wohnte eine von seinen Herrschaften drin. Geheimeraths Liese – so hieß die Köchin – stand vor der Thür und sagte: Schönen guten Morgen, lieber Musje Morgenroth! Ihr kommt ja zeitig heut! – Der aber wußte schon, was er darauf zu sagen hatte, stellte sich ganz ernsthaft hin und sprach:

> Ich bin in noble Verhältnisse gekommen,
> Eine Fee außer Dienst hat mich in Dienst
>   genommen;
> Nun muß ich jedoch aus dem Dienste treten
> Bei Herr Geheimerath und Frau Geheimeräthen.
> Doch Liese bestelle, daß ich bleibe bis in den Tod
> Ihr gehorsamer Diener Musje Morgenroth.

Damit ging er fort und begegnete Geheimeraths Käthe; die fragte ihn ebenso, und der sagte er dasselbe. Dann kam Geheimeraths Dorthe, und dann Geheimeraths Annemarie, und dann Grete, Line und Cläre, und das waren alle Geheimerathsköchinnen, und all denen sagte er dasselbe. Zu allerletzt aber kam er zu Fresco's, und da setzte er sich bei Jungfer Abendbrod in die Küche und trank Kaffee, den sie ihm kochte und aß einen Weck dazu und putzte dann die Stiefel und Schuh von Herr Geheimerath und Frau Geheimeräthin und den zwölf Fräulein und Junkern, wobei er seiner Liebsten ein schönes Lied nach dem andern vorsang.

Mittlerweile war es acht Uhr geworden; da dachte er: Es wird wohl Zeit sein, daß ich in meine neue Wohnung ziehe;

sonst denkt Excellenz Claribella, ich sei ein rechter Siebenschläfer. Beurlaubte sich also bei Jungfer Abendbrod und ging zum Thor hinaus. Wie er nun zu dem kleinen Häuschen kam, lag die alte Excellenz schon im Fenster und sagte gar freundlich: Guten Morgen, Musje Morgenroth! Wo hinaus? – Ich wollte schon zu Ew. Excellenz ziehn, sagte der. – Ah so, meinte die Fee, und die Wagen kommen wohl nach? – Welche Wagen, Excellenz? – Ich meine die Möbelwagen, die Eure fahrende Habe hierher bringen. – Ach du lieber Gott! sagte Musje Morgenroth und hätte fast gelacht, wenn's nicht unschicklich gewesen wäre; all meine fahrende Habe bring' ich mit, und drei Hemden und drei Paar Socken, die ich noch von der Mutter her habe, sind bei der Wäscherin, die wird sie morgen hier herausbringen! – Da fiel die Fee fast in Ohnmacht und schlug einmal über das andre die Hände überm Kopf zusammen vor großmächtiger Verwunderung. Endlich sagte sie: Hier nehmt den Schlüssel zur Gartenthür und klopft nur hinten an der Hausthür; sie geht schon von selbst auf. – Das that er denn, trat in den Garten ein und stieg die kleine Treppe hinten am Haus hinauf und trat hinein. Innen sah's gar wohnlich und hübsch aus; die alte Excellenz kam ihm im Flur entgegen und führte ihn in eine geräumige Kammer; drin stand ein Bett und rings lauter Kleiderschränke und Kommoden, aber alle leer. Ei, sagte Musje Morgenroth, da kann ich meine drei Hemden und die drei Paar Socken bequem unterbringen! – Die Fee that, als hörte sie's nicht, denn sie war filzgeizig; sonst hätte sie dem armen Menschen wohl die Kisten und Kasten mit hübschen Sachen füllen können. Laßt's Euch lieb sein, sagte sie, daß Ihr so viel Gelaß habt; man kann nicht wissen, wozu das einmal nutzt. Wenn's einmal Dukaten regnet oder Bratäpfel oder sonst was Guts, so wißt Ihr gleich, worin Ihr sie sammeln könnt, und dann kommen Die schlecht weg, die keinen Platz haben. – Das leuchtete ihm auch ein und er sagte: Ich will nur den einen

Schrank ein bischen bei Seite schieben, sonst kann ich gar nicht zu meinem Bett; und daneben muß auch das Puppenbettchen stehn für mein Pfefferrohr. Das hatte er aber im Vorbeigehn von der Wittwe abgeholt, bei der er seine Schlafstelle hatte.

Da Ihr Euch nun eingerichtet habt, fing die alte Excellenz wieder an, will ich Euch sagen, was Ihr jeden Tag thun müßt. Morgens ganz früh müßt Ihr in den Garten und die Wege sauber machen, und die Eidechslein und Rosenkäfer beiseit kehren; denn die mag ich nicht leiden. Nachher putzt Ihr die Schuh, die vor meinem Schlafzimmer stehn, und wenn Ihr damit fertig seid, klopft Ihr dreimal an die Thür und sprecht dabei folgenden Vers:

> Sonn' ist eben aufgegangen,
> Spiegelt ihre goldnen Wangen
> In den blitzeblanken Schuhen.
> Wollten Excellenz geruhen,
> Dero Schlaf nehm' jetzt ein End,
> Weil der Kaffee sonst verbrennt.

Und dann bringt Ihr mir meine Kaffeemaschine an die Thür, die singt, wenn der Kaffee fertig ist: »Wie schön leucht't uns der Morgenstern.« Wenn ich gefrühstückt habe, mögt Ihr zu Fresco's gehn; aber zu Mittag seid wieder hier, da müßt Ihr mir das Essen kochen: ein Weinsüppchen, ein Rindsrippchen und ein Eierküchlein mit Pflaumen. Nach Tisch les't Ihr mir die Zeitungen vor und gebt meinem Papagei Geographiestunde. Dann ist der Tag Euer. – Ach, sagte Musje Morgenroth, aber meine Geographie geht nicht weiter als bis zum nächsten Kirchspiel. – Schadet nichts, sagte die Fee, es sind nur allgemeine Kenntnisse nöthig, daß der Lori nicht so gar viehdumm bleibt. Nun wißt Ihr, was Ihr zu thun habt. Zu essen bekommt Ihr, was ich übrig lasse; und da habt Ihr noch ein Tuch, das ist ein

Hungertuch, und wenn's einmal nicht reichen sollte, Euch satt zu machen, könnt Ihr an dem Hungertuch nagen; dann haltet Ihr's aus. – Danke schön, sagte Musje Morgenroth; wenn ich einmal recht appetitlich bin, geh' ich zu Jungfer Abendbrod, meinem Schatz. – Wie Ihr wollt, sagte die Fee; aber heimlich war sie recht froh, denn sie war eine gute Wirthin und liebte die Dienstboten zumeist, die am wenigsten aßen.

Wie es nun Mittag wurde, ging Musje Morgenroth in die kleine Küche und kochte das Weinsüppchen, das Rindsrippchen und das Eierküchlein mit Pflaumen, und weil er eine Köchin zum Schatz hatte, machte er Alles gar urwürzig und gut, daß die Fee ihn nicht genug loben konnte. Nachher, als er das Geschirr gesäubert hatte, rief sie ihn in ihr Wohnstübchen. Ach, da sah es einmal wundernett aus! An den Wänden erblickte man die ganze Familie der Excellenz Claribella ausgehauen und gestochen, und über dem Sopha hing ihr Taufschein und Einsegnungsschein in goldnen Rahmen, die ganz erstaunlich glitzerten. Der Lori war auch da und schien ein sehr verwöhntes Thier zu sein, denn seine Herrin hielt ihm immer die Stange, auf der er saß. Als nun Musje Morgenroth hereintrat und ihm höflich seine Verbeugung machte, verzog er seinen Schnabel zu einem verbindlichen Lächeln und sagte: Bella, der Mensch gefällt mir. – Er soll dir auch Geographie beibringen, sagte die Fee, hieß Musje Morgenroth sich zu ihr auf einen Stuhl setzen und gab ihm die Staatszeitung und das Intelligenzblatt. Die las er von A bis Z vor, alle Dienstgesuche, Wohnungen, die zu vermiethen sind, vermischte Nachrichten und reelle Heirathsgesuche in einem Strich, und die Fee streichelte unterdeß den Papagei und sagte von Zeit zu Zeit: So! – Wie er nun fertig war, sagte die Fee: Ihr les't ganz erstaunlich gut, Musje Morgenroth. Es wird wohl mit der Geographie eben so gut gehn. Da faßte sich der arme Mensch ein Herz, und weil es nur das Allgemeine sein sollte, fragte er den Lori: Junger Herr, könnt Ihr mir sagen, wie die Erde eingetheilt ist? – Der Lori schwieg auf diese verfängliche Frage mäuschenstill, und Musje Morgenroth beantwortete sich selbst, wie er sich's vorher in der Küche zurecht gelegt hatte: Die Erde ist eingetheilt in Länder, Städte, Flecken und Dörfer. Dann fragte er weiter und schwitzte die hellen Tropfen vor Angst: Und wißt Ihr anzugeben, wie die Flecken eingetheilt werden? – Ja, sagte der Lori, in Tintenflecke, Obstflecke, Fettflecke und Baumflecke. – Hört Ihr? flüsterte die Fee dem Musje Morgenroth zu, er weiß doch gleich Bescheid. – Ach ja, sagte der schwitzende Magister, er hat nur die Marktflecken ausgelassen. – Was ich doch immer schon fragen wollte, sagte der Lori, wo liegt eigentlich das Land, wo der Pfeffer wächst? denn da bin ich geboren. – Ei, erwiederte Musje Morgenroth, und da möchte ich gar zu gern hin. Es muß da so ein hunderttausend Meilen hinterm Berge liegen. Wie er das aber heraus hatte, wurde ihm ganz schlimm; denn er meinte, die Fee wüßt' es besser; sagte also, er bekäme plötzlich heftiges Leibschneiden, er müsse für heut schließen. Damit schien der Lori ganz zufrieden, und die Fee, die ihm immer die Stange hielt, auch, und Musje Morgenroth machte daß er fortkam.

Er lief aber mit der Guitarre geraden Weges zu Jungfer Abendbrod; die fand er in der Küche sitzen und im Kochbuch lesen. Wie sie aber ihres Liebsten ansichtig ward, ließ sie das Lesen, holte ein Viertel von einem Kapaun hervor und ein Glas Wein und ein Stück Kuchen – denn es war dem Herrn Geheimerath sein Geburtstag gewesen – und das setzte sie Musje Morgenroth vor. Dem war das Leibschneiden schon unterwegs vergangen; saß also ganz froh nieder und aß. Dazwischen erzählte er der Jungfer, wie es ihm ergangen. Ach, schloß er, als er eben das letzte Knöchlein benagte, es will mir schon gefallen in den nobeln

75

Verhältnissen, wenn nur die Geographiestunde nicht wär' und in der Kammer nicht so viel Gelaß wär', daß ich mich kaum umdrehn kann. Nu, sagte Jungfer Abendbrod, haltet nur ein Jahr lang aus! Hernach soll's uns schon desto besser gehn. Indem sie das sagte, räumte sie das Geschirr beiseit, und dann setzten sie sich zusammen auf den Küchentisch und sangen die wunderschönsten Lieder, wie: »Puthähnechen, Puthühnechen« etc. und »der Kukuk ist ein alter zisele bumbum basele besele« etc.; aber am schönsten war doch ihr Leibstückchen:

> Pumpelnäs' und Singestert
> Saßen auf dem Feuerherd
> Ohne Kien und ohne Licht;
> Pumpelnäschen, stoß dich nicht!

Und das sangen sie wohl ein Dutzend Mal, und Musje Morgenroth spielte dabei auf der Guitarre und Jungfer Abendbrod ließ ihre Füße im Takt an den Küchentisch baumeln, daß man weit und breit für schweres Geld nichts Schöneres hätte hören können.

Drittes Kapitel.
Wie durch einen verunglückten Kaffee viel Glück zu Wasser wird.

So ging das ein ganzes Jahr lang und Musje Morgenroth hatte nimmer nöthig an dem Hungertuch zu nagen, weil ihn sein Schatz nudelte, so viel sie konnte. Zu Geburtstag und Weihnacht bekam er eine neue Liverey, und die war ganz absonderlich schön, alter grüner Sammt von einem früheren Reitkleide der Fee Claribella, mit Schmetterlingsflügeln besetzt am Kragen und an den

Aufschlägen, Turnhosen mit Gamaschen und einen Hut von veilchenblauer Seide, darum der Altejungfernkranz der Excellenz gewunden war. Musje Morgenroth sah gar stattlich in dem Aufzuge aus, so daß alle Leute auf der Straße stehn blieben und sagten: Ei was für eine schöne Liverey! Nun wußte er auch, wozu seine Schränke da waren. In den ersten hing er Abends die neue Liverey, in den zweiten seine alten Kleider, in den dritten das erste Hemd, in den vierten das zweite und so fort in jeden Kommodenkasten eins. Da war er vor Unordnung sicher.

Mit der Geographiestunde ging es auch besser, als er gedacht hatte. Er fing mit den nächstliegenden Dörfern an und erzählte dem Lori von jeder Kirms, auf der er getanzt, und von jedem Erntefest, das er mitgemacht hatte. Das war ein sehr nützlicher Unterricht, denn da bekam der Lori einen allgemeinen Begriff von Kuchenecken, Aepfelwein, Milchreis und Hirsenmus; und das ist für viele Menschen die Hauptsache; warum nicht für einen Lori, dem eine Fee außer Dienst die Stange hält?

Wie nun das Jahr fast um war – es war aber nur noch ein Tag dazwischen – erinnerte Musje Morgenroth die Excellenz an ihr Versprechen, ihm einen Wunsch, wie groß er auch wäre, zu erfüllen. Ja wohl, sagte die Fee, denkt Euch nur was Hübsches aus! Das war aber recht schlecht von ihr, daß sie das sagte; denn sie hatte doch vor, den armen Menschen zu betrügen, weil sie so filzgeizig war. Musje Morgenroth aber ging spornstreichs zu seiner Jungfer Liebsten, um ihr all sein Glück zu erzählen. Er fand sie am Herd stehen, und über dem Feuer hing ein großer Waschkessel. Was kocht Ihr da, Jungfer Abendbrod? sagte er. – Kaffee, liebster Musje Morgenroth. Unser ältestes Fräulein giebt heut einen großen Klatschkaffee, wozu hundert und ein Geheimerathsfräulein eingeladen sind. – Indem hörten sie etwas die Treppe heraufkommen. Horcht! sagte die Jungfer, da kommen sie. Musje Morgenroth aber war nicht faul, rückte einen Stuhl vor die Küchenthür und sah oben durch die Ritze. Da kamen die hundert und ein Geheimerathsfräulein richtig dahergewackelt – denn das Wackeln galt für vornehm – und alle trugen schwarzseidne Kleider mit silbernen Sternen und hatten Nähkästchen von schwarzem Ebenholz in der Hand, die auch mit silbernen Sternen eingelegt waren. In der Stadt herrschte nämlich der sogenannte Kastengeist; denn die Töchter in den verschiedenen Ständen unterschieden sich durch die Nähkasten, und eine Professorstochter mußte einen andern haben als eine Geheimerathstochter, und eine Schneiderstochter wieder einen andern als ein Professorsfräulein. Das war auch ganz in der Ordnung; denn es wäre doch entsetzlich gewesen, wenn die hohen Herrschaften nicht was Apartes gehabt hätten. Die Nähkästchen der Geheimerathsfräulein waren aber deshalb schwarz mit Sternen, weil das die Nacht vorstellt, die doch alle heimlichen Leiden der Menschheit beschützt und somit auch die Geheimenräthe.

Da sie nun vorüber waren, stieg Musje Morgenroth herunter und sagte: weißt du, Schatz? morgen ist das Jahr um; da thu' ich meinen Wunsch. Ei was ich fidel bin! Er setzte sich wieder auf den Küchentisch und stimmte die Guitarre. Ach laßt lieber das Singen! sagte die Jungfer; denn wenn ich nicht Acht gebe, verbrennt mir der Kaffee. Ihr Liebster aber sagte: Wir werden doch wohl den Vorabend vor unserm fabelhaften Glück eins singen dürfen! schlug ein paar Accorde an, und Jungfer Abendbrod mochte wollen oder nicht, sie mußte mitsingen, wie er folgendes Lied anstimmte:

Wie trag' ich doch im Sinne
So wunderfrohen Muth!
Das kommt von süßer Minne,

78

Die heimlich brennen thut.
Dadraußen lacht der Mai,
Nun geht's ans Wandern frei;
Und böt' man hundert Gulden mir,
Ich wär' nicht mit dabei.

Mein Schatz hat lichte Haare
Und Wänglein weiß und roth;
Von ihr will ich nicht fahren,
Es scheid' uns denn der Tod.
In aller weiten Welt
Mir nichts so wohl gefällt;
Seit ich mein'n Schatz zuerst erschaut,
Ist's Wandern mir vergällt.

Drei Wochen nach Michaele
Geht's an ein lustig Frei'n.
So froh mag keine Seele
Auf dieser Erde sein.
Ein eigen Haus und Herd
Ist Kaiserkronen werth,
Und kommt mir je das Wandern an,
Ich mach' schon zeitig Kehrt.

Das Lied war eben aus, da trat der Bediente herein und trug ein großmächtiges Brett, auf dem hundert und ein schwarze Kaffeetassen mit silbernen Sternen und eine riesenhafte Kanne stand. Jungfer Köchin, sagt' er, gießt mir flugs die Kanne voll; die Fräuleins haben sich schon die Zungen trocken geschwatzt. – Jungfer Abendbrod trat zu dem Waschkessel, aber mit einem lauten Schrei stürzte sie zurück. Ein unausstehlicher Brandgeruch stieg vom Kaffee in die Höh und durchräucherte die ganze Küche. Ach Gott, ach Gott! jammerte sie, was wird die Frau Geheimeräthin sagen! – Die aber trat in demselben Augenblick zur Thür herein und rief: Johann, wie lange wirds? Johann machte ein verlegenes Gesicht und deutete ausdrucksvoll nach dem Waschkessel und Jungfer Abendbrod. Da begriff die Geheimeräthin den ganzen Zusammenhang und rief: Den Augenblick packst du deine Sachen zusammen und scherst dich aus dem Hause! Und wie sie das gesagt hatte, wurde sie blau und roth vor Zorn, verließ die Küche und warf die Thür hinter sich zu, daß die kupfernen Kessel ganz erschrocken einander anstießen, als wollten sie sagen: habt ihr gehört? Die ist einmal böse!

Jungfer Abendbrod lehnte an der Wand und weinte die langen bittern Zähren. Musje Morgenroth saß noch immer auf dem Küchentisch und hatte Augen und Mund weit offen stehn vor Schreck; aber Johann hatte sich leise davon gemacht. Endlich trocknete die Jungfer ihre Thränen und fing an, in stummem Gram ihr bischen Kleider in ein Bündel zu packen. Aber, liebster Schatz, sagte Musje Morgenroth, was härmt Ihr Euch so gar grausam? Morgen thu' ich meinen Wunsch, und dann heirathen wir uns. – Ach nein! schluchzte Jungfer Abendbrod, daraus wird nichts; unsereins hat auch seine Ambition, und so ein fortgejagtes Ding ohne Schein, die den Kaffee hat anbrennen lassen, sollt Ihr nimmermehr freien. Das könnten wir nie verantworten vor unsern Kindern; die müßten sich ja schämen vor den Leuten. Ach Gott! – und da fing sie wieder an zu weinen. – Seid doch nur ruhig, liebste Jungfer! sagte Musje Morgenroth und sprang vom Küchentisch, ich habe Euch nicht minder lieb darum daß Ihr den Kaffee habt anbrennen lassen und fortgejagt werdet außer der Zeit und keinen Schein bekommt; denn an all dem bin ich ja Schuld! – Die Jungfer aber wollte sich nicht trösten lassen, sagte immerfort, er solle sich eine Andre suchen, die nicht so in Schimpf und Schande gekommen wäre, und hatte indeß ihr Bündel fertig geschnürt. – Und wo wollt Ihr nun hin? sagte ihr Liebster. – Ich habe noch die alte Cousine hier in der Stadt, Jungfer Gretchen Leisegang; die wird mich wohl aufnehmen in meinem Unglück. – Nun denn kommt in Gottes Namen! sagte Musje Morgenroth, machte die Thür auf, blieb aber wie versteinert stehn. Die hundert und ein Geheimerathsfräulein kamen nämlich eben wieder dahergewackelt; denn sie hatten in der höchsten Entrüstung Abschied genommen und wollten wieder nach Haus. Sie sahen alle bitterbös aus, und wie sie an der Küche vorbeikamen, warf eine jede der Jungfer Abendbrod einen verachtenden Blick zu und dann rauschten sie vorüber.

Ach Gott, lieber Musje Morgenroth! rief die Jungfer weinend aus, habt Ihr wohl die Blicke gesehn? – Der aber stand selbst wie versteinert. Verachtet von hundert und ein Geheimerathsfräulein! sagte er vor sich hin; das ist hart! – Und in stiller schweigender Verzweifelung stiegen sie die Treppen hinunter und gingen selbander zu Jungfer Gretchen Leisegang, die die weinende Jungfer Abendbrod mitleidig und tröstend aufnahm.

Viertes Kapitel.
Wie es Musje Morgenroth wider seinen Willen nach Wunsch geht.

Als Musje Morgenroth am andern Morgen in seiner Kammer saß, war ihm recht betrübt zu Muth. Seine schönsten Luftschlösser waren zerstört, seine jahrelange Mühe umsonst. Ach! seufzte er halb ärgerlich, halb traurig, ich wollt' daß ich wäre wo der Pfeffer wächst! – Der Wunsch soll Euch erfüllt werden, sagte Excellenz Claribella, die eben in die Kammer trat. Da fiel dem armen Musje Morgenroth erst wieder ein, daß heute das Jahr um sei und er einen Wunsch frei habe; aber so hatte er's gar nicht gemeint. Doch wußte er, daß die Fee ihren Willen haben mußte, auch wenn's einem Andern einmal nach Wunsch gehn sollte, sagte also, es wär' ihm ganz recht so; und halb recht war's ihm auch; denn es lag ihm an gar nichts mehr viel, seit er Jungfer Abendbrod nicht haben sollte. Die Fee aber war heimlich sehr froh, daß sie Musje Morgenroth so belauert hatte, führte ihn in eine Rumpelkammer, wo viele alte verstaubte Zaubersachen herumlagen, und nachdem sie einige diamantene Schwerter, Drachen, Wünschelruthen und Quecksilberseen bei Seite geschoben hatte, holte sie einen alten Stuhl hervor, der gar seltsam aussah. Statt der vier Beine hatte er vier Gänseflügel; ein kleiner Schornstein war an der Rückenwand befestigt, und unter dem Sitz saß eine ganz kleine Dampfmaschine. Auf der Lehne aber stand mit goldnen Buchstaben: Concessionirter Dampfstuhl zur Reise ins Pfefferland.

Wie Musje Morgenroth des Dampfstuhls ansichtig ward, verschwand sein Trübsinn. Ei, sagte er, wie bequem muß sich's da reisen lassen! Aber wißt Ihr was, Excellenz? wollt Ihr einmal ein christlich Werk thun, so kümmert Euch, wenn ich fort bin, ein bischen um Jungfer Abendbrod und schreibt mir, wie ihr's geht. – Ich habe schon die ganze Geschichte im Morgenblatt gelesen, sagte die Fee. Wenn Ihr ein paar Zeilen an Euren Schatz schicken wolltet zum Valet, so könnt Ihr ihr vorschlagen, während Ihr auf Reisen geht, an Eurer Stelle in meinen Dienst zu treten. Nachher geb' ich ihr einen guten Schein; dann wird sie wohl nichts dagegen haben, Euch zu heirathen. Freilich bekommt sie keinen Lohn, hat aber alles frei, wie Ihr, und das Hungertuch läßt ihr nur auch hier. – Da war denn Musje Morgenroth wie im Himmel, und was das Hungertuch betraf, dacht' er: Sie hat ja die Cousine hier, die Jungfer Gretchen Leisegang, da wird sie's wohl nicht nöthig haben; setzte sich also hin und schrieb seinem Schatz folgenden schönen Brief:

> Liebste Jungfer Abendbrod!
> Dein getreuer Morgenroth

Reiset, weil du ihn nicht magst,
Dahin wo der Pfeffer wachst.
Woll' indessen dich bequemen,
Dienst bei Excellenz zu nehmen.
Was zu thun ist, weißt du schon;
Doch bekommst du keinen Lohn,
Aber Holz und Essen frei,
Auch das Hungertuch dabei.
Fürchte nicht die Geographie!
Lori ist ein gutes Vieh,
Und die Fee hält ihm die Stange;
Drum, mein Feinslieb, sei nicht bange!
Werd' ich einstens wiederkehren,
Darfst du dich nicht länger wehren,
Stell' ich mich als Freier ein;
Kriegst auch einen guten Schein.
Nun ade, herzliebster Schatz!
Habe nimmer Zeit noch Platz,
Bitt' indeß, noch vor dem Schließen,
Gretchen Leisegang zu grüßen.
Punktum. Streusand. Bis zum Tod
Dein getreuer Morgenroth!

Diesen Brief siegelte er zu, schrieb die Adresse drauf: »An Jungfer Abendbrod, Wohlgeboren, wohnhaft bei Jungfer Gretchen Leisegang, ihrer Cousine, Allhier«, und gab ihn einem kleinen zerlumpten Straßenjungen, und seinen letzten Dreier dazu, er sollt's auch pünktlich ausrichten. Denn, hatte ihm die Fee gesagt, Reisegeld braucht Ihr nicht; ich weiß, Ihr werdet im Pfefferland Euer Glück machen. Da trug denn Musje Morgenroth den Dampfstuhl in den Garten, heizte die Maschine, und als er Guitarre und Rohrstöckchen hatte und das Bündel mit den drei Hemden und drei Paar Socken, zog er die Liverey von Weihnacht an, setzte das Hütchen aufs linke Ohr und sich in den Stuhl, und nun – hast du nicht gesehn, so siehst du nicht – in die blaue Luft und in die weite Welt.

Der Dampfstuhl aber stieg so ein zweihundert Fuß senkrecht in die Höhe, dann machte er linksum und flog über den Berg fort immer in einem Strich. Hei, schrie Musje Morgenroth, das ist einmal eine flinke Fahrt! Es saß sich da ganz behaglich; freilich war's ein bischen warm unter dem Sitz und der Schornstein blies ihm den Rauch gerade in den Nacken; aber man konnte weit in die Thäler hineinsehn und die Häuserchen lagen gar sauber in den grünen Büschen. Wie er nun über das nächste Dorf flog, sah er da im Kruge das hübsche Anneli, die trug drei große Schoppen Landwein. Brrr! schrie er. Halt, Schwager! Halt! Will einen Schoppen mit auf die Reise nehmen! – Ja da schwagerte sich aber gar nichts; der Dampfstuhl flog seinen Weg unaufhaltsam weiter, und Musje Morgenroth mußte sich den Durst vergehen lassen, so viel er auch schimpfte, was das für eine grobe Wirthschaft sei, einen honnetten Reisenden nicht einmal aussteigen zu lassen! – So flog er eine Strecke weiter, gerade über einen großen Wald weg. Da sah er auf der Straße, die durchging, drei kleine Kinderchen kommen, barfuß, ein Jüngelchen und zwei Mädchen, und weil's so schöne Kinder waren, dachte er: willst ihnen was Liebes thun! zog die drei Paar Socken aus seinem Bündel und warf sie ihnen hinunter. Zwei kamen richtig zur Erde, gerade den Mägdlein vor die Füße. Dem Bübchen seine blieben oben in einer Tanne hängen, aber es war gar nicht faul und fing an hinaufzuklettern. Ob es sie noch erwischt hat, erfuhr Musje Morgenroth nicht; denn in der nächsten Minute war er schon weit, weit weg.

Da sah er wieder unten am See ein wunderhübsches Dirnlein stehn, die wusch Hemden in den klaren blauen Wellen. Sie hatte genau so flachsblonde Zöpfe, als wie Jungfer Abendbrod, und schöne rothe Wangen. Ach

Himmel! seufzte Musje Morgenroth und dachte recht sehnsüchtig an seinen fernen Schatz. Unten das Dirnlein sah zufällig hinauf; wie sie aber das seltsame Fuhrwerk durch die Luft daherkommen sah, that sie einen lauten Schrei und das Hemd, daran sie eben wusch, glitt ihr aus den Händen und schwamm in den See hinaus. Das hatte Musje Morgenroth kaum gesehn, als er in sein Bündel griff, zwei Hemden herausholte und sie eilig hinabwarf. Wozu brauch' ich auch so viel Wäsche? sagte er bei sich; mach' ich doch im Pfefferland mein Glück! Er hatte aber eben nur Zeit, die Kußhände zu sehn, die das Dirnlein ihm nachwarf; dann trug ihn der Dampfstuhl wie der Wind aus dem Bereich ihrer blauen Veilchenaugen.

Er griff leise in seine Guitarre, und das nahm sich in der stillen Höhe gar eigen aus. Dann sang er:

All meine Herzgedanken
Sind immerdar bei dir;
Das ist das stille Kranken,
Das innen zehrt an mir.
Da du mich einst umfangen hast,
Ist mir gewichen Ruh und Rast;
All meine Herzgedanken
Sind immerdar bei dir.

Der Maßlieb und der Rosen
Begehr' ich fürder nicht;
Wie kann ich Lust erlosen,
Wenn Liebe mir gebricht!
Seit du von mir geschieden bist,
Hab ich gelacht zu keiner Frist;
Der Maßlieb und der Rosen
Begehr' ich fürder nicht.

Gott wolle Die vereinen,
Die für einander sind!
Von Grämen und von Weinen
Wird sonst das Auge blind.
Treuliebe steht in Himmelshut;
Es wird noch Alles, Alles gut.
Gott wolle die vereinen,
Die für einander sind!

Er hatte die letzten Verse immer leiser gesungen und sich schwermüthig zurückgelehnt. Wie nun das Lied verklungen war, schlief er ein, und berührte nur noch im Traum leise die Guitarre. Die prächtige Nacht zog herauf, die Sterne glitzerten und die alten Sterngucker stiegen aufs Dach und besahn sie mit den langen Fernröhren. Da sahn sie auch den Dampfstuhl durch den Himmel kutschieren, und weil sie nicht draus klug werden konnten, auch auf keiner

Sternkarte ihn verzeichnet fanden, und ein Komet konnt' es nicht sein, weil er einen *schwarzen* Schwanz hatte, den Rauch nämlich: prophezeiten sie daraus Wunder und Zeichen, daß viele Menschen in dem Jahr sterben würden, und bei vielen Bäckern würde es kleines Brod geben, und in Spanien wär's wahrscheinlich, daß es zu blutigen Köpfen käme, was Alles nachher richtig eingetroffen; weiß aber nicht, ob zu Ehren Musje Morgenroths und seines Dampfstuhls. Die beiden jedoch kümmerten sich nicht um die Sterngucker und ihre Prophezeiungen, sondern flogen immer weiter in die stille dunkle Welt hinaus.

Fünftes Kapitel.
Wie Musje Morgenroth zum Pikbuben kommt.

Es war ganz früh, alle Vögel schliefen noch: da senkte sich der Dampfstuhl, dem das Holz ausgegangen war, ins weiche Gras nieder und Musje Morgenroth wachte davon auf. Es war eine überaus lustige Gegend, ein breiter grüner Grund, rings von gewaltigen Bergen umschlossen, und auf der einen Seite ging eine großmächtige Höhle tief ins Gebirg hinein, und das war eine Tropfsteinhöhle. In der Runde standen gar herrliche antike Bildsäulen, die hatte die Höhle allzusammen getropft, und andre waren noch in Arbeit. Vorn aber war ein lichterlohes Feuer gemacht; drüber hing ein Kessel, von dem viel Dampf in die Höhe stieg. Da sperrte nun Musje Morgenroth die Augen groß auf, wie er die Herrlichkeiten sah, stieg ganz munter von seinem Dampfstuhl ab und machte sich nahe herzu. Ei, sagte er, das ist ja eine bequeme Art, Bildsäulen zu machen! Wie er aber das sagte, bekam er einen gewaltigen Schreck; denn aus der Höhle trat ein Riese, der war wirklich ganz unwahrscheinlich groß. Guten Morgen, Kleiner! sagte der

Riese und hatte für seine Größe eine gar liebliche Stimme. Großen Dank, Excellenz! sagte Musje Morgenroth und lupfte sein Hütchen. – Hört einmal, fing der Riese wieder an, wer mir hier einen Besuch macht, muß mir dienen; es kommt nur drauf an, ob er ein gebildeter Mann ist, oder so dem lieben Gott sein gar Nichts. Seid Ihr nun ein gebildeter Mann, so braucht Ihr nur Ein Jahr zu dienen; sonst müßt Ihr drei Jahr aushalten. – Verzeihen Excellenz, erwiederte Musje Morgenroth, ich reise in Geschäften in das Land, wo der Pfeffer wächst; denn ich soll da mein Glück machen. – Ach was! sagte der Riese ärgerlich, ich bin der Pikbube; Ihr müßt wissen, daß Ihr nur zu gehorchen habt, denn ich bin Trumpf. Dabei schnitt er ein fürchterliches Gesicht, und Musje Morgenroth sah nun erst, daß er nur ein Auge hatte; das saß ihm mitten auf der Stirn und sah gerade so aus, wie ein Pik-Aß. – Ja, sagte der Kleine, wenn's denn sein muß, thu' ich's von Herzen gern. Uebrigens wäre mir's doch lieb, wenn ich ein gebildeter Mann wäre; denn drei Jahr Ew. Excellenz zu dienen, ist ein bischen viel; unterdeß freit ein Andrer die Jungfer Abendbrod und ich habe das Zusehn. – Wir wollen's gleich herauskriegen, sagte der Pikbube; gebt nur gescheidt Antwort auf das, was ich frage. Damit setzte er sich gar gemüthlich nieder und hob den Musje Morgenroth auf sein Knie. Dem war dabei nimmer wohl; aber der Riese sprach ihm Muth ein und sagte, er würde wohl nicht durchfallen im Examen; er säh' ihm ganz aus, wie ein gebildeter Mann; und da war Musje Morgenroth wieder getrost und sagte: Fragen Sie nur immer drauf los, Excellenz!

Da fing also der Pikbube an und fragte: Was haltet Ihr von den stehenden Heeren? – Ich meine, daß es wackrer ist, sie stehn vorm Feinde, als sie laufen davon.

Dagegen wußte der Riese nichts einzuwenden, fragte also weiter: Warum haben die Chineser so schiefe Ansichten von der Welt? – Musje Morgenroth besann sich, sagte aber ganz munter: Ei, sie werden ja auch immer mit schiefen Augen abgemalt.

Gut, sagte der Riese. Nun kommt aber alte Geschichte: Wie urtheilt Ihr über Nero? – Er ist ein ganz gutes Vieh, sagte das Stiefelputzerchen; aber er frißt zu viel Fleisch weg aus Jungfer Abendbrods Küche, und hat mich einmal ins Bein gepackt, wie ich zu Fresco's kam. Es ist freilich schon eine alte Geschichte, setzte er hinzu; aber ich fühl's noch immer.

Weiter, fragte der Pikbube: Wer hat's Pulver erfunden? – Ich, weiß Gott, nicht! gab der Musje zur Antwort, kann mich auch nicht besinnen, wer's war; ich muß damals noch ganz klein gewesen sein.

In der Geschichte wißt Ihr nicht sonderlich Bescheid; woll'n was Anders fragen, sagte der Pikbube. – Wo wachsen die meisten Pflaumen? – Auf den Zwetschgenbäumen, war die Antwort. – Wie kann ein armer Schlucker in theuren Zeiten satt werden! – Er muß eine Köchin zum Schatz haben, wie ich Jungfer Abendbrod. – Wenn Einer aber viel Geld hat, was soll der am besten damit thun? – Was der Pfarrer Asmann that. – Nun, und was that der? – Was ihm halt gefiel. – Nun sagt noch zu guter Letzt: Was ist die Liebe? – Da weiß ich Euch genau Bescheid zu geben, antwortete Musje Morgenroth. Liebe ist, wenn ich Jungfer Abendbrod auf den Mund küsse und sage: Behüt dich Gott, du bist und bleibst mein herzallerliebster Schatz!

Wie er das gesagt hatte, schmunzelte der Riese und sagte: Ich sehe, Ihr seid überall gar bewandert und gelehrt; darum braucht Ihr nur Euer Jahr abzudienen. Aber wie heißt Ihr eigentlich und weß Standes seid Ihr? – Da nun Musje Morgenroth ihm das berichtet hatte, wollt' es der Riese erst gar nicht glauben, daß er Stiefelputzer sei; denn, sagt' er, ich hielt Euch zum wenigsten für einen Oberlehrer oder gar für einen Professor. Nachher aber meinte er: Es ist mir doch lieb; so werdet Ihr meine Siebenmeilenstiefel gehörig putzen; die haben die Herrn Professoren, wenn sie hier ihr Jahr abdienen mußten, nie blank machen können. Außerdem muß jeden Morgen die Höhle ausgefegt und die Tröpfe da (so nannte er nämlich die Bildsäulen, die die Höhle getropft hatte) sauber abgekehrt werden. Mittags macht Ihr Feuer an unter dem Kessel, darin wird das Essen gekocht, jedes Mal ein ganzes Rind; das giebt kräftige Fleischbrüh, die Euch wohl munden wird, und ein Hinterviertel mögt Ihr auch erhalten. Zu Abend trink' ich Kamillenthee, denn hier in der Gegend wächst nichts andres, und dann geh' ich zu Bett. Ihr müßt Euch aber schon bequemen, unter meiner hohlen Hand zu schlafen; denn sonst lauft Ihr mir einmal fort, und daraus wird nichts, bis das Jahr um ist.

Darauf setzte der Pikbube Musje Morgenroth von seinem Knie herunter, stand auf und ging in die Höhle, wohin ihm Musje Morgenroth folgen mußte. Drinnen war's gar so übel nicht; überall standen kleine niedliche Tröpfe, die Jungfrau von Orleans zum Exempel und der große Kurfürst und Schiller und Goethe und viele Andre. Ganz hinten stand das Bett; das war aber einmal lang und breit! da hätte ein ganzes Regiment Dragoner sammt ihren Rößlein drin Platz gehabt. Hinter der Bettstelle standen die Siebenmeilenstiefeln. Der Tausend! sagte Musje Morgenroth, das wird viel Wichse kosten! – Seid ohne Sorgen, erwiederte der Pikbube, Ihr sollt Wichse genug kriegen. – Nachdem sie nun Alles gemustert und der Riese dem Kleinen noch genau gesagt hatte, wie er's haben wolle, sah er nach einer allerliebsten Thurmuhr, die er in der Westentasche trug, und sagte: Ihr mögt nur immer die Siebenmeilenstiefel vornehmen! trug sie ihm also hinaus ins Freie und sah ihm zu. Musje Morgenroth war nun wohl flink dabei; aber dennoch brauchte er ganzer fünf Minuten, um mit der Bürste von der Fußspitze bis zum Hacken zu fahren, und die Schäfte konnte er nicht anders erreichen, als mit einer Leiter. Doch war der Pikbube ausnehmend zufrieden; denn er macht's so blank, daß man's ohne Augenschmerzen gar nicht ansehn konnte.

Wie's nun gegen Mittag war, holte der Riese ein Rind von seiner Heerde, die im Gebirg weidete, drückte ihm mit dem kleinen Finger den Schädel ein, zog's ab und warf's in den Kessel. Das gab eine kräftige Bouillon, so daß Musje Morgenroth des Rühmens kein Ende wußte. Auch das Rindfleisch gefiel ihm; er dachte: ob jetzt Jungfer Abendbrod am Hungertuch nagen muß? und wenn ich ihr doch was abgeben könnte! Und da überkam ihn das Heimweh; er nahm die Guitarre vor und klimperte ein Liedchen. Das gefiel dem Riesen gar sehr, und er sang ihm zum Dank auch was vor und fragte ihn dann um sein Urtheil. Ihr habt eine schöne Fistel, sagte Musje Morgenroth, und singt mit viel Ausdruck. Aber das Piano will Euch nicht gelingen. – Es ist ein Erbfehler in unsrer Familie, sagte der Pikbube; wenn meine Mutter sang, die Pikdame, Gott habe sie selig, lief Alles davon; denn sie vermochten's nicht auszuhalten, so laut war's; und mein seliger Vater, der Pikkönig, konnte sie noch überschreien. – Danke schön, sagte Musje Morgenroth. Da wäre mir doch mein Trommelfell zu lieb gewesen!

Am Abend trank der Riese einen ganzen Kessel voll Kamillenthee; aber den mochte Musje Morgenroth nicht, weil er nicht durchgesiebt war. Er hatte sich noch Fleischbrühe vom Mittag aufgehoben, daran hatte er genug. Hernach stieg der Pikbube ins Bett; Musje Morgenroth streckte sich neben ihn, und sein Schlafkamerad legte ganz sacht die hohle Hand über ihn; da war er warm und hatte doch Raum genug, sich nach Lust zu bewegen und herumzuwälzen, wie er immer im Schlafe that. So schlief er bald ganz fidel ein und ließ sich von seiner Herzallerliebsten was Angenehmes träumen.

Sechstes Kapitel.
Wie Musje Morgenroth das Wandern ankommt, ohne daß er Kehrt macht.

Eine ganze Zeitlang lebten sie also mitsammen, und Musje Morgenroth ward gar wohlbeleibt, denn die kräftige Fleischbrühe schlug bei ihm gut an, besonders weil er von der Fee her nicht an allzunährende Kost gewöhnt war. Einen Tag um den andern mußt' er mit seinem Pfefferröhrchen die Kleider des Pikbuben ausklopfen, und das gab immer entsetzlich viel Staub. Es stand da ein großes Conterfei vom Pikbuben unter den andern Tröpfen; da hängte er den Rock und die Beinkleider des Originals an, stieg mit der Leiter hinauf und klopfte dann was er nur konnte. Nebenan, d. h. wenn man auf der einen Seite übers Gebirg stieg, war die große Wüste Sahara, und da zog der ganze Staub hinüber. Die armen Kameele und Reisenden meinten dann, es käme ein Wirbelwind, der den Sand aufwühle; es war aber nur der Staub aus des Pikbuben Garderobe.

Manchmal kamen auch des Pikbuben Vettern über die Berge. Der aber konnte sie nicht ausstehn, weil sie ihn den schwarzen Peter schimpften, und jagte sie wieder fort; denn er meinte, er wäre allein Trumpf, und der Coeurbube und Carobube und Trefle dürften sich nicht wichtig machen. Ja er hatte so seine Schrullen, und dann war er sehr schlimm und wüthig.

Eines schönen Morgens hatte er auch wieder so getobt und entsetzlich viel Staub gemacht, daß der erschrockene Musje Morgenroth sich sein Pfefferröhrchen an den Beinkleidern zu Schanden klopfte. Da saß er nun und war gar bekümmert. Ach, dachte er, wenn ich doch wär', wo der Pfeffer wächst! Und wie er so sann, kam ihn immer gewaltigeres Verlangen an, fortzulaufen, daß er den Finger an die Nase legte und nachdachte, wie es wohl anzustellen sei. Den Dampfstuhl hatte der Pikbube gleich wieder geheizt und leer weiterfliegen lassen. Gott weiß, wo der jetzt steckte! So bloß Reißaus nehmen, ging nimmer an; denn der Riese hätte mit den Siebenmeilenstiefeln das arme Stiefelputzerchen wohl eingeholt, und wenn es auch den Vorsprung einer ganzen Nacht gehabt hätte. Endlich fiel ihm eine List ein, um den Riesen auf einen falschen Weg zu leiten; denn da konnt' er in alle Ewigkeit laufen, ohne ihn einzuholen. Der Pikbube aber war gar einfältig, so wie man es bei gebildeten Leuten oft findet, wenn sie vor lauter Weisheit nicht klug sind. Denn weise war er, das mußte man ihm lassen, und hatte erstaunlich viel Gelehrsamkeit am Leibe. Musje Morgenroth also trat mit einem gar ehrlichen Gesicht zu ihm und sagte: Ich habe darüber nachgedacht, Excellenz, wie wohl es mir hier geht, und bin so zu sagen ordentlich gerührt dadurch. Ich könnte mich sogar entschließen, auf immer hier mein Jahr abzudienen. – Da schmunzelte der Pikbube und sagte: Ihr seid auch ein ganz ausnehmend gebildeter Mann, liebster Musje Morgenroth. Wer sonst bei mir war, hat sich trotz der menschenfreundlichen Behandlung fortgesehnt; ja einige haben sogar den Versuch der Flucht gemacht! – Excellenz scherzen! sagte Musje Morgenroth. – Nein, verlaßt Euch drauf, fuhr der Pikbube fort. Einer war schon weit in die schöne Gegend hineingelaufen; aber natürlich überholt' ich ihn mit den Siebenmeilenstiefeln. – Da that nun das kluge Stiefelputzerchen höchlich erstaunt, daß die Herrn Flüchtlinge nicht lieber durch die Wüste Sahara gelaufen wären. Es wär' so schöner gerader Weg, auch recht fest, absonderlich nach dem Regen, und auf der andern Seite, wo es in die schönen Thale hinabginge, lägen die fatalen Berge dazwischen. – Aha, dachte der Riese, er hat's doch schon heraus. Wollen uns nur in Acht nehmen, und wenn der

Musje einmal vermißt wird, gleich über die Wüste ihm nachtraben. – Und wie er das dachte, strich er sich den Bart und meinte wunder wie fein er sei; und das war doch gerade die Einfalt.

Abends, als Beide zu Bett gingen, legte der Riese seine hohle Hand sorglicher als je über seinen Schlafkumpan und schlief dann ganz guter Dinge ein. Wie nun Musje Morgenroth ihn schnarchen hörte, zog er ein Federmesser heraus und piekte ihm tapfer in den kleinen Finger. Da wachte der Pikbube halb auf und fragte:

> Warum hast du mich gestochen?
> Morgen wird's an dir gerochen,
> Ich zerbläu' dir alle Knochen!

Musje Morgenroth aber antwortete:

> Es war ein Floh,
> Der stach Euch so.
> Ich armer Musje
> Um Gnade fleh'.

Ich will mir's überlegen! brummte der Riese und schlief wieder ein. Da piekte ihm Musje Morgenroth wieder herzhaft in den kleinen Finger. Der Pikbube aber war schon tief eingeschlafen; weil er's aber im Traum fühlte, und dachte, es wär' ein Floh, hob er die Hand auf und legte sie unter seinen Kopf. Musje Morgenroth aber stand ganz leise auf, schlug dem schnarchenden Riesen ein Schnippchen und huschte aus der Höhle hinaus.

Es war wunderherrlicher Mondenschein; die Tröpfe standen wie weiße Gespenster, unheimlich und spukhaft, und das Conterfei des Riesen schien dem Entwischten ein böses Gesicht zu schneiden. Der aber war bald übers Gebirg und wanderte lustig in die monddämmerige Gegend hinaus.

Er hätte gern ein Lied gesungen; aber er fürchtete, es könne ihn verrathen, und so fuhr er nur immer verstohlen über die Saiten der Guitarre, die er nicht dahinten gelassen hatte, daß die Vögel im Traum meinten, es wär' im Himmel Concert. Und so ging er, ohne auszuruhn, vorwärts bis zum lichten Morgen.

Wie der Riese am Morgen aufwachte und Musje Morgenroth nicht fand, merkte er gleich Unrath, stand aber gar nicht zu hastig auf und fuhr gemächlich in seine Siebenmeilenstiefeln. Dann nahm er den Weg zwischen die Beine und stapelte in die große Wüste hinein, und immer immer weiter, bis er dahin kam, wo die Welt mit Brettern vernagelt ist. Da merkte er wohl, daß er betrogen war; und noch dazu war so viel Sand in seine Stiefel gekommen, daß er die Füße nicht mehr heben konnte; und so ist er im Sande elendiglich umgekommen.

Musje Morgenroth jedoch wanderte gar guter Dinge fürbaß, blieb an jedem Wegweiser stehn, ob zu lesen stände, wo man nach dem Pfefferland kommt, und fragte jeden, der ihm begegnete; aber keiner konnt's ihm sagen. Wie es nun gegen Mittag war, bekam er doch Lust nach der Fleischbrühe beim Riesen und seufzte ganz traurig: Ach daß ich doch wäre, wo der Pfeffer wächst! denn wenn ich unterwegs verhungere, kann ich doch mein Glück nicht machen! – Er hatte aber keinen Heller Geld, überhaupt nichts, als was er auf dem Leibe trug; denn das Hemd, das ihm noch übrig gewesen, mußte er ganz zu Charpie verzupfen und dem Pikbuben in die Wunden legen, die ihm seine Vettern schlugen; – und seine Guitarre wollt' er nicht versetzen. Da ging gerade ein Mann vorbei, der hatte gehört was er seufzte, trat an ihn heran und sagte: Dahin sollt Ihr bald kommen; habt nur die Güte mir zu folgen. – Musje Morgenroth ging auch richtig, ohne sich zu besinnen, mit, und der fremde Mann führte ihn durch sein Haus in einen großen Garten, stellte ihn an ein Beet, darauf eben nichts zu schauen war als schöne fette Erde, und sagte: Hier, theurer Fremdling, wächst Pfeffer! – Aber ich sehe ja nichts, sagte Musje Morgenroth. – Die Saat ist erst seit einem Monat im Boden, erwiederte der Mann, aber sie keimt schon; und damit wühlte er wahrhaftig ein paar schöne schwarze Pfefferkörner hervor, die von der Feuchtigkeit beschlagen waren, und wies sie dem Musje Morgenroth. Der begriff den Mann nicht, sagte aber: Das ist eine sehr hoffnungsvolle Plantage, lieber Herr, und ein verdienstlich Werk, diesem Getreidebau Eingang zu verschaffen. – Das meine ich! sagte der Andre und strahlte vor Vergnügen. Ihr seid aber meiner Seel' der Erste, der Interesse dafür zeigt; die Meisten begreifen meine Pläne nicht, oder belachen sie gar. – Ei ei, sagte Musje Morgenroth, das ist ja recht unverständig, eine gute nützliche Unternehmung zu belachen! – Er merkte nun wohl, daß es nicht recht richtig mit dem Mann war, ließ sich aber von ihm in sein Haus zurückführen, wo sie denn gar köstlich aßen und tranken, und nach Tisch brachte der Wirth seinen Gast in eine Kammer, darin er sein Geld bewahrte und gab ihm einen ganzen Beutel voll Dukaten zur Reisezehrung mit auf den Weg; denn, sagte er, Ihr seid ein gebildeter Mann; und wenn ich Pfefferernte habe, gebe ich ein großes Volksfest; zu dem seid aber nur Ihr geladen, und die Ungläubigen müssen mit langen Nasen abziehn. – Da versprach ihm denn Musje Morgenroth, er werde ganz gewiß kommen zur Pfefferernte, bedankte sich höflichst und ging.

Er war schon wieder ein gut Stück weiter gewandert und sagte dabei immer vor sich hin: Ach wenn ich doch wäre, wo der Pfeffer wächst! Da gesellte sich ein Bursch zu ihm, sagte, er ginge des Weges, sie könnten selbander gehn. Der war aber seines Zeichens ein Spitzbube, und wie er nun den Beutel mit Gold sah, den Musje Morgenroth alle Augenblick zog, um einem Armen ein Almosen zu geben, dachte er: den

Vogel willst du rupfen. Herr, fing er an, wenn Ihr gern wissen wollt, wo der Pfeffer wächst, dahin kann ich Euch weisen; kommt nur mit! So ging er linksab einen wilden Waldsteg, und Musje Morgenroth hatte kein Arg, sondern folgt' ihm auf der Ferse. Sie waren eine Weile gegangen und kamen endlich zu einer wilden Schlucht; da saßen noch so ein zehn oder elf Bursche um ein Feuer, schmauchten ihr Pfeifchen und spielten Würfel. Hier bring' ich Euch Einen, rief ihnen Musje Morgenroths Begleiter zu, der will gern wissen, wo der Pfeffer wächst. Er hat einen gespickten Beutel; das ist wohl genug Schulgeld, um's ihn zu lehren. Fangt nur die Lection an! Damit warf er das arme Stiefelputzerchen nieder, riß ihm den Beutel weg, und nun fiel die ganze Bande über ihn her, schlug ganz gottesjämmerlich auf ihn los und schrie dabei: Hier wächst der Pfeffer! Merkst du, wie er beißt? Hier wächst der Pfeffer! Und so schlugen sie den Aermsten, bis er stille war mit Schreien, und trugen ihn durch den dicken Wald wieder auf die Landstraße, wo sie ihn für todt liegen ließen.

Siebentes Kapitel.
Ende gut, Alles gut.

Er war aber nicht todt, sondern nachdem er ein paar Stunden da gelegen hatte, schlug er die Augen wieder auf, und war ihm kein Leids geschehn, außer daß er braun und blau war. Er schleppte sich mit Mühe ins nächste Dorf, da gab ihm eine gute Frau Wirthin einen Krug Bier und eine Butterbemme um Gotteswillen; und Nachts bekam er eine weiche Streu, darauf schlief er bis an den hellen Tag und war wieder frisch und gesund.

Eine geraume Zeit zog er nun herum und verdiente sein Brod mit Musiciren, forschte aber immer fleißig nach dem

Land, wo der Pfeffer wächst. Da kam er eines Tags an eine große Mauer, in der war ein stattliches Thor, und über demselben stand mit goldnen Buchstaben: Durch dieses Thor kommt man ins Land, wo der Pfeffer wächst. Man kann leicht denken, wie froh Musje Morgenroth war. Er mußte sich einmal recht auslassen, nahm also die Guitarre vor und sang und spielte, während er die tollsten Luftsprünge machte. Das Lied lautete aber so:

Lustig Blut und frische Lieder,
So gebührt's dem Wandersmann;
Berg hinauf und Thal hernieder
Ficht ihn sonst das Heimweh an.
Ging ich singend sonder Ruh
Manche Meil' in lauter Wonnen.
Süßer klarer Liedesbronnen,
Riesele, riesele immerzu!

Wenn der Wald thut kühlig rauschen
In der warmen Sommerlust,
Müssen Eich' und Linde lauschen
Auf den Klang aus meiner Brust.
Ob auch reißen Rock und Schuh,
Jauchze doch im Schein der Sonnen.
Süßer klarer Liedesbronnen,
Riesele, riesele immerzu!

Aber so die Winde streichen
Und regieren über Feld,
Sing' ich allestund ingleichen,
Bis die Trübe sich erhellt.
Denke dann: Du Wetter du,
Bist vor meinem Sang zerronnen.
Süßer klarer Liedesbronnen,
Riesele, riesele immerzu!

Und in Dörflein und in Städtchen
Zieh ich nur mit Liedern ein;
Alle tugendlichen Mädchen
Nicken mir vom Fensterlein.
Habe gleich als wie im Nu
Einen herzigen Schatz gewonnen;
Süßer klarer Liedesbronnen,
Riesele, riesele immerzu!

Da that sich in der Mauer ein Fensterlein auf und ein Kopf
erschien mit gar brummiger Miene und einer großen
schwarzen Nase. Guter Freund, sagte der Mann – und der
Kopf war nämlich des Zöllners Kopf – hier dürft Ihr nicht
mit so viel Lärm Einzug halten, wie Ihr's sonst mögt
getrieben haben. Hier im Land ist große Trauer; alle Welt
läuft mit schwarzer Nase herum und lamentirt und weint,
denn dem König seine Tochter ist schwer krank. – Was fehlt
denn dem Fräulein Prinzeß? fragte Musje Morgenroth. –
Ach, sagte der Zöllner, sie leidet am freiwilligen Hinken. Vor
zwei Jahren ist ihr Einer begegnet, der war damit behaftet;
und da sagte sie, sie wolle auch einmal ihren Willen haben
und auch freiwillig hinken. Seitdem humpelt sie nun
beständig, und kein Arzt weiß dem Ding abzuhelfen. Nun
hat der König dem, der sie heilen könne, drei Wünsche zu
thun erlaubt; die wolle er ihm erfüllen, wenn er's
vermöchte, und wär's sein halbes Königreich. Das Land
wünscht sehnlichst, es möchte Einer kommen, der's
verstände; denn so lange die Prinzeß krank ist, müssen wir
Alle schwarze Nasen tragen. – Ei, erwiederte Musje
Morgenroth, schließt hurtig das Thor auf! ich will sie schon
kuriren. – Der alte Zöllner sah ihn von oben bis unten an
und schnitt ein ungläubiges Gesicht, öffnete ihm aber
ungesäumt. Da trat nun Musje Morgenroth in das Land
ein, wo der Pfeffer wächst, und wunderte sich ausnehmend,
denn er hatte sich's viel kurioser vorgestellt. Sagt einmal,

frug er, wo wächst denn eigentlich der Pfeffer? Ich bin von Haus aus Stiefelputzer und möchte mir so im Vorbeigehn ein Rohr abschneiden. – Ihr habt einen wunderlichen Glauben, lieber Mann, erwiederte der alte Zöllner. Hier wächst bei jedem Rohr der dazugehörige Stiefelputzer mit. – Ach du mein Gott, rief Musje Morgenroth, da ist ja nichts für unsereins zu holen! Nein, aber so eine närrische Einrichtung! Das ist einmal ein putziges Land! – Der Zöllner schien das im Stillen übelzunehmen, sagte aber nichts. Indem kam ein langer schwarzer Zug daher; vorne ging Einer mit schwarzer Nase und einem Pfefferrohr; dann kam ein Leichenwagen, den zwei Pferde mit schwarzen Nasen zogen; auf dem Sarg lag wieder ein Pfefferrohr und eine große Schaar Leidtragender folgte, alle mit schwarzen Nasen und Pfefferröhren. Seht Ihr, Herr? sagte der Zöllner, das ist ein Stiefelputzerbegräbniß. Musje Morgenroth riß Mund und Augen auf; das war ihm doch nie im Traum eingefallen. Uebrigens, sagt' er, scheint hier die edle Stiefelputzerkunst fabrikmäßig betrieben zu werden, und das ist doch eine unwürdige Art. – Der Zöllner schoß ihm giftige Blicke zu, sagte aber wieder nichts; denn er war ein gebildeter Mann, und wies Musje Morgenroth nach des Königs Palast.

Wie er nun in den Palast kam, ließ er sich beim König melden, und trug ihm sein Anerbieten vor: er wolle die Prinzessin kuriren. Ach lieber Herr Unterthan! sagte der König, es haben's schon so viele versucht und ist doch nicht gelungen; ich fürchte, Ihr kommt auch vergebens. – Laßt mich nur machen, sagte Musje Morgenroth; ich habe Praxis in solchen Dingen; nur muß ich Euch bitten, mir ein tüchtiges Pfefferrohr zu verschaffen. – Der König sah ihn verwundert an und fragte: Ihr wollt der Prinzeß doch nicht weh thun? – Behüte! sagte Musje Morgenroth, ich schneide das Pfefferrohr klein, nehme Salz und Essig und Oel und mache ein Tränklein; davon muß sie einnehmen, alle Stunde einen Eßlöffel voll. Da war denn der König beruhigt, sandte nach dem Kirchhof und ließ das Pfefferrohr holen, das auf des eben verblichenen Stiefelputzers Grab gelegt werden sollte. Es wurde auch nicht geweigert; denn die Pfefferaner waren gute Unterthanen, und der König konnte thun, was er wollte.

Musje Morgenroth aber ließ sich zur Prinzessin führen, nahm Salz und Essig und Oel mit, und riegelte sorgfältig hinter sich ab. Was da innen geschehen ist, weiß man nicht genau. Man hörte es nur im Zimmer klatschen, wie wenn ein Kleid ausgeklopft würde oder ein Kind die Ruthe bekäme, und klägliches Geschrei erscholl, und es war als ob sich Zwei im Zimmer herumjagten. Vielleicht machte die Zubereitung des Tränkleins so viel Lärm, vielleicht war auch ein anderer Grund; kurz man hat nie so recht klug daraus werden können. Die Kur war aber schnell gethan; denn nach einer Viertelstunde öffnete sich die Thür, die schöne Prinzessin kam freilich ein bischen verweint, aber doch ohne zu humpeln heraus, fiel ihrem Vater um den Hals und sagte: Ich bin kurirt, Papa! – Der war nun gar zu neugierig, wie es zugegangen sei. Das Tränklein war wohl eingerührt, aber es schien kaum ein Tröpfchen davon genossen zu sein. Die Prinzeß jedoch wollte nie sagen, wie die Kur geschehen sei, und Musje Morgenroth zeigte auch keine absonderliche Lust dazu. Sogar der Pfefferrohrstock war ganz geblieben; der Herr Doktor sagte, er habe ihn nicht gebraucht; das Salz und Essig und Oel sei schon allein kräftig genug gewesen. Weil man's nun nicht herausbringen konnte, dachte man nicht länger dran und war herzensfroh, daß die schöne Prinzessin nun gesund war. Im ganzen Land sang man Loblieder auf Musje Morgenroth, wusch sich die Nase wieder weiß und aß Gänsebraten, was sonst nur an hohen Festtagen geschah.

Musje Morgenroth aber ging zum König und sagte: Nun hätte ich aber auch Lust, meine drei Wünsche zu thun. –

Wünscht immer drauf los! sagte der König; aber ich bitte Euch, seid nicht gar zu unverschämt; sonst macht Ihr mich zum armen Mann. – Seid ohne Sorge, Majestät, erwiederte Morgenroth; ich bin ein gebildeter Mann. Als solcher aber bin ich arm, und wünsche daher fürs erste schrecklich viel Geld, damit ich mich in Ruhestand setzen und Jungfer Abendbrod heirathen kann. – Schrecklich viel Geld sollt Ihr haben, sagte der König. – Zweitens, fuhr Musje Morgenroth fort, möcht' ich einen schönen goldnen Knopf auf mein Pfefferrohr. – Wenn's weiter nichts ist! sagte der König; aber nun nehmt Euch einmal zusammen beim dritten Wunsch; denn ich möcht' Euch gern was recht Liebes zu Gefallen thun. – So macht mich zum Geheimerath, platzte Musje Morgenroth verlegen heraus. – Wie Ihr denn wollt, sagte Se. Majestät; Ihr sollt gleich das Patent haben. Darauf rief er seinen Kanzler, der das Pergament dem Musje Morgenroth in einer goldnen Kapsel einhändigen mußte; und nun wurde auch der Hofseckelmeister gerufen, der mußte ihm schrecklich viel Geld geben, und der Hof-Goldschmied machte ihm einen wundervollen Knopf von purem Golde auf sein Pfefferrohr, daß Musje Morgenroth sich gar nicht zu lassen wußte vor übergroßer Freude. Er begehrte aber sehnlichst zu seiner Jungfer Abendbrod zurück, und da ließ der König Extra-Post kommen, so gern er ihn auch behalten hätte. Wie er nun schon im Wagen saß und Abschied nahm, stieg der König noch zu guter Letzt auf den Wagentritt und steckte ihm den Orden pour le mérite an, und die Prinzessin gab ihm ein schwarzes Nähkästchen von Ebenholz mit silbernen Sternen und ein schwarzes Sammetkleid, ebenfalls silbernbesternt; er sollt's seiner Frau Geheimeräthin bringen. Da traten dem guten Musje die Thränen in die Augen; er rief: Schwager, fahr zu! und die Pferde liefen was sie konnten, und der Schwager blies, und Musje Morgenroth hielt sein naßgeweintes Schnupftüchelchen zum Fenster hinaus und wedelte damit gar gerührt zum letzten Lebewohl.

Die Pferde liefen aber Tag und Nacht, und wie eine volle Woche um war, wachte Musje Morgenroth in der Frühe auf, rieb sich die Augen, und da hielt die Kutsche vor dem Gartenhäuschen der Fee. Jungfer Abendbrod aber, die eben im Garten war und die Rosenkäfer und Eidechslein auf die Seite kehrte, trat ganz erstaunt vor die Thür. Als sie aber ihren Liebsten herausspringen sah, warf sie den Besen weit weg und flog ihm in die Arme, und da die Fee eine Viertelstunde später zum Fenster hinausschaute, lagen sie noch immer einander in den Armen und konnten's gar nicht glauben, daß sie einander wieder hatten.

Gleich am andern Tag ward nun Hochzeit gehalten, und da trug Jungfer Abendbrod das schwarze Sammetkleid mit den silbernen Sternen, und die 101 Geheimerathsfräulein waren eingeladen und Fresco's und die Fee auch, und der Fritz, der dem Musje Morgenroth immer Grobheiten über sein Pfefferrohr gesagt hatte. Die Geheimerathssippschaft rümpfte freilich im Stillen die Nasen; aber was sollten sie thun? er war doch einmal Geheimerath und hatte noch dazu einen Orden, und beim König vom Pfefferland wären sie schön angekommen, wenn sie all das nicht respektirt hätten. Geheimerath Morgenroth aber lebte nun gar vergnügt mit seiner Frau Geheimeräthin, schrieb ein dickes Buch Reisebilder und bekam viele Kinder, die alle Geheimeräthe und Geheimeräthinnen wurden.

Veilchenprinz.

Das Haus lag einsam und still, etwas entfernt von der großen Landstraße, die durch das grüne Gezweig der Bäume wie ein silberner Streif hindurchschimmerte. Vorn war ein freier Platz, mit eisernem Geländer eingefaßt, und zierliche Blumenanlagen lachten aus den dunkeln Schatten einiger hohen Kastanien hervor. Hinter dem Hause aber erstreckte sich ein großer Garten, aus dem ein kleines Pförtchen auf das freie Feld führte.

Was war das für ein wunderbarer Garten! Uralte Bäume streckten ihre Häupter trotzig in das klare Himmelsblau und suchten der Sonne den Eingang zu wehren. Aber die goldenen Strahlen schlüpften dennoch durch und glitzerten auf den sauberen Kieswegen und drangen sogar in die duftigen Lauben ein von Jasmin und Nachtviolen, die sich an lebendige Hecken und üppige Weingelände anlehnten. Aber das Schönste war eine silberhelle Fontäne, die versteckt zwischen Trauerweiden in ein kleines Becken von weißen Steinen plätscherte, und wer vorüberging, hörte wohl ihr trauliches Geschwätz, aber konnte sie selbst nicht sehen, bis er näher trat und durch die Zweige schaute und den Wasserstrahl kerzengrade aufsteigen und in tausend blinkenden Stäubchen herabfallen sah. Nicht gar weit davon führte der Weg einen Hügel hinauf, an der einen Seite dicht mit Jasmin umbüscht, auf der Seite nach dem Springbrunnen zu offen, und da war ein Bänkchen aus Baumrinde geschnitzt. Von hier aus sah man auf die Trauerweiden herab, über die der Strahl weit hinaus sich erhob, und in der weiten Ferne zog sich das blaue Gebirg nebelhaft hin, das sich nach und nach mit dem Himmel vereinte und der schönste Rahmen zu dem lieblichen Bilde war.

An dem Rande des Beckens nun lag ganz versteckt ein kleines Beet von Veilchen, von keinem Gärtner gepflanzt. Eine Lücke in den Zweigen ließ etwas breitere Sonnenstrahlen hindurchfallen, und der stäubende Thau des Springbrunnens hatte die schüchternen Pflänzchen erzogen und genährt. Nun standen sie da in ihrer jugendlichen Schönheit, und die Schmetterlinge nur flatterten zu ihnen und kos'ten mit ihnen und flohen bestürzt davon, wenn ein neckendes Wassertröpfchen ihre Flügel getroffen hatte.

Jedes dieser kleinen Blümchen war bewohnt von einem zarten Elfen, dessen Leben innig mit dem seiner Wohnung verknüpft war, und das waren überaus feine Wesen, gar zierlich von Gestalt und Gesicht, und die kleinen Herzen schlugen von lauter Liebe und holdseliger Freundlichkeit. Auch einen König hatten sie, der älter war, als sie Alle, und sein Völkchen weise regierte. Er hatte viel zu thun den ganzen Tag über, und wenn er des Abends sein kleines Haupt mit der goldnen Krone senkte und sich zum Schlafen anschickte, fielen ihm die Augen bald zu. Denn das Völkchen war wohl gutmüthig und folgsam, aber ein wenig lose und lustig, und scherzte gern mit den schönen Schmetterlingen oder den buhlerischen Lüftchen. Das gab nun der König nicht zu, und wenn er auch nicht hindern konnte, daß die jungen Herren kamen, so befahl er doch, daß die Jungfrauen sittsam die Augen niederschlagen und die Jünglinge sich auch stille verhalten sollten.

Der König hatte einen Sohn, dessen Namen ich nicht nennen kann, weil ich ihn nicht weiß; wir wollen ihn also Veilchenprinz nennen. Daß Veilchenprinz schön war, versteht sich von selbst. Sind doch alle Prinzen und Prinzessinnen schön, und wenn sie's nicht sind, ist's wenigstens wider den Respekt, es zu sagen; dann aber wissen wir schon, daß die Veilchenelfen alle sehr schön sind, und so wird der Sohn des Königs wohl keine Ausnahme machen. Außerdem aber war Veilchenprinz in jeder Beziehung höchst ausgezeichnet, und wenn sein Herr Vater einmal gestorben wäre, hätten die Veilchen einen guten König bekommen. Der Alte aber dachte nicht ans Sterben, ließ vielmehr seinen Sohn seine ganze Kraft und Strenge fühlen und hatte immer was an ihm zu hofmeistern. Bald stand er nicht grade, bald war er schlecht frisirt, bald schaute er trüb aus den Augen; und da freute sich denn Veilchenprinz auf die Nacht, wo er unbeaufsichtigt war und hinaufschauen konnte zu den Sternen, die ihn viel freundlicher ansahen, als sein Herr Vater.

Nun wollte dieser ihn mit Gewalt verheirathen, und zwar an eine Cousine, die ziemlich nah mit dem königlichen Hause verwandt war. Veilchenprinz liebte sie nicht und dachte mit Sorgen und Kummer der Zeit, wo er sich nicht mehr mit seiner Jugend würde entschuldigen können. Seine Cousine war zwar auch schön und gut, aber nicht sehr klug und schrecklich langweilig. Denn sie konnte Stunden lang neben ihm stehen und ihn ansehen, ohne ein Wörtchen zu sprechen, und wenn sie etwas hervorbrachte, war es etwas ganz Albernes. Dazu war sie ein wenig eitel und putzsüchtig, und wenn nicht der König auf sie besonders ein scharfes Auge gehabt hätte, so würde sie der bunte Schmetterling noch viel öfter besucht haben, mit dem sie sich Abends in der Dämmerung zuweilen unterhielt. Vielleicht wären sie aber dennoch ein Pärchen geworden, wenn nicht etwas Anderes dazwischen gekommen wäre.

Eines Morgens in aller Frühe, als die Veilchen noch schliefen, aber die Sonne schon lustig auf den Wellen des Wassers tanzte, hörte Veilchenprinz leichte Schritte den Weg daherhüpfen, und eine helle, frische Stimme sang eine gar muntre Melodie. Die Worte verstand er nicht, denn die Stimme war zu weit entfernt, und er konnte auch von der

Gestalt nichts erblicken, als ein weißes Kleidchen, das durch die Zweige sich bewegte. Er horchte mit verhaltenem Athem, und die Stimme kam näher, so daß er ganz deutlich folgende Worte hören konnte:

Mühlen still die Flügel drehn,
Ueber die Stoppeln pfeift der Wind;
Arme Hütten im Grunde stehn,
Fensterlein sind schmal und blind.

Bald da kommt ein Sonnenschein,
Blickt so lustig wie er kann;
Mühlenflügel und Fensterlein
Fangen ein Tanzen und Glitzern an.

Dürftig Herz, so bist du ganz,
Blöd' und blind viel Tag und Nacht,
Bis ein leiser Liebesglanz
Dich unsäglich fröhlich macht.

Die Stimme schwieg. Veilchenprinz strengte alle Kräfte an, um durch die Bäume zu sehen; aber plötzlich bogen sich die Zweige auseinander und ein junges Mädchen näherte sich dem Springbrunnen. Das weiße Kleidchen, das vorher schon verrätherisch durch die Büsche geschaut hatte, war mit blauen Schleifen zierlich garnirt, und im Haar trug sie ein Band von derselben Farbe, das zu beiden Seiten über die Schultern herunter hing. In der Hand hielt sie ein weißes Morgenhäubchen, das sie eben abgenommen zu haben schien, und ein unendlich reizender Zug von Unbefangenheit und unschuldiger Freude ging über ihr junges Gesicht. Veilchenprinz aber sah nichts von dem allen; er sah nur ihre Augen, die ihn wie mit einem gewaltigen Zauber gebannt hatten. Das war ihm auch nicht übel zu nehmen, denn sie funkelten und glänzten wie Gazellenaugen, und Veilchenprinz hatte noch nie schwarze

Augen gesehen. Er selbst hatte blaue, und sein langweiliges Cousinchen auch, und so das ganze Veilchenvolk. Das Mädchen aber stand eine ganze Zeit am Brunnen und schien eine große Freude zu haben über das Geplätscher des Wassers und wie die kleinen Wellen sich jagten und hin und her hüpften. »Hier ist es einmal schön!« rief sie aus und klatschte erfreut in die weißen Händchen. Mit einem Male bückte sie sich, setzte sich nieder auf den schwellenden Rasen und zog einen ihrer blauseidenen Schuhe aus, daß das zarte Füßchen unter dem weißen Kleide neugierig hervorsah; bald folgte der andere Fuß, und nun steckte sie einen nach dem andern in das klare Wasser und ergötzte sich an der angenehmen Kühle und wie sich die Kreise der Wellen an ihren Füßchen wie an kleinen Felsen brachen. Plötzlich rief eine Stimme aus dem Garten her ihren Namen, und im Nu waren die Füßchen heraus, die Schuhe angezogen, und mit hocherröthendem Gesicht schlüpfte sie wieder durch die Zweige hin und eilte fort.

Veilchenprinz sah ihr betrübt nach und verfolgte mit den Augen den Schimmer ihres weißen Kleides, bis er nichts mehr sah; da ließ er seine Blicke nach der Stelle gehen, wo sie gesessen hatte, und dachte an ihre funkelnden Augen, und in seinem Herzen war's, wie wenn's auf einmal Tag geworden wäre. Allmählich wachten die Veilchen alle auf und keines hatte etwas gesehn. Heute aber hatte der König besonders viel an seinem Sohn zu hofmeistern, der seine Cousine mehr als je vernachlässigte und ganz verwirrt in Gedanken war. Er hoffte den ganzen Tag, das Mädchen würde wiederkommen, aber vergebens; und der Abend brach herein, und sie war noch nicht dagewesen. Veilchenprinz schlief vor vielem Denken und Sinnen ein, und im Traum sah er die funkelnden Augen und das ganze liebe Mädchen, wie es die zarten Füßchen in dem Springbrunnen badete.

Am folgenden Morgen war er mit dem ersten Sonnenstrahl wach; aber seine Sehnsucht wurde nicht gestillt. Im Lauf des Tages hörte er viele Stimmen im Garten, und es kamen Leute sogar vorbei, den Weg daher, der zur Fontäne führte; ja einmal glaubte er sogar ihre Stimme zu hören, dann aber war Alles wieder still und die Klänge verloren sich in die Tiefen des Gartens. Ganz spät aber, als schon Alles rings dämmerig verzaubert dalag und die weißen Nebel sich aus den Bäumen erhoben, vernahm Veilchenprinz einen bekannten Ton und hörte dann ganz deutlich, wie sie herzukam; aber sie schien nicht allein zu sein. Veilchenprinz durchschauerte ein süßes Gefühl, und sein kleines Herz schlug gar gewaltig, als wollt' es ihm zerspringen. Die Zweige bogen sich wieder aus einander, und sie war es wirklich, aber Arm in Arm mit einem jungen Manne, mit dem sie in vertraulichem Gespräch war. Der volle Mond küßte leise ihre weiße Stirn, und die Sterne schienen neidisch auf den Glanz der süßen Augen, die wie damals funkelten und Veilchenprinz immer fester bannten.

»Sieh nur, Lieber,« rief sie lebhaft aus, »wie traulich es hier ist! Ich war gestern Morgen hier, ganz früh, als du noch schliefst; aber heute Abend ist's viel tausendmal schöner. Jetzt bin ich auch an deiner Seite; da gefällt mir's besser, weil du's mitgenießest.« Der junge Mann lächelte freundlich und sagte: »Es ist wirklich sehr schön hier und das Plätzchen mir völlig unbekannt. Im vorigen Jahr war's hier lange nicht so freundlich; weißt du noch? da war's viel wilder und unfreundlicher.« – »Ja«, sagte das Mädchen, »das macht der neue Gärtner, der Alles so hübsch in Ordnung hält«; und indem sie das sagte, war sie schon wieder durchgeschlüpft, und Veilchenprinz hörte draußen ihr fröhliches Lachen über den jungen Mann, der nicht sogleich die Stelle finden konnte, wo die Zweige sich leicht aus einander biegen ließen. Nun hörte er, wie sie den kleinen Hügel hinangingen, und als sie oben waren, sah er ihre

Köpfe über die Wipfel der Trauerweiden herausragen. Sie setzten sich, in stillem Anschaun der herrlichen Aussicht. Fern hörte man eine Flöte eine wehmüthige Melodie spielen, die langgehalten durch die reine Sommerluft hinzitterte und in einem leisen Seufzer erstarb. Rings im Grase zirpten die Heimchen, kleine Goldkäfer schwirrten durch die Nacht, und die Schmetterlinge wiegten sich wie schlaftrunken in den Kelchen der Blumen. Dazwischen plätscherte der Springbrunnen, und die Schatten des Gartens wurden immer dunkler und dunkler, je heller das Mondlicht auf den hervortretenden Zweigen sich anklammerte. Veilchenprinz hörte, wie die Beiden auf dem Hügel aufstanden und langsam hinabgingen, stumm und wortlos, überwältigt von dem allesergreifenden Zauber der Sommernacht. Und wie ihre Tritte mehr und mehr verhallten, sank auf ihn der Schlummer nieder, und er schlief unter lieben Träumen, in die nur das Bild des jungen Mannes sich störend drängte.

Eine ganze Woche hindurch sah er das junge Mädchen fast jeden Tag. Gewöhnlich kam sie des Abends an der Hand des jungen Mannes, der, wie Veilchenprinz aus ihren Worten merkte, ihr Bruder war. Sie schien ihn sehr lieb zu haben und er sie auch, und oft saßen sie zusammen auf dem Bänkchen und plauderten. Veilchenprinz konnte ganz deutlich sehen, wie sie sich traulich umschlungen hielten und die Schwester ihr Köpfchen an des Bruders Schulter lehnte. Auch schienen sie ihm immer sehr ernste Dinge zu besprechen, denn wenn sie hinabgingen, waren sie feierlich still; aber er wußte nicht, daß Worte einer reinen Liebe wie Orgelklänge die Seele ergreifen und harmonisch bis in die innersten Tiefen bewegen.

Und so hing Veilchenprinz mit ganzer Seele an dem jungen Mädchen und wußte es selbst nicht. Wenn sie einen Tag nicht kam, senkte er das Köpfchen und hatte nimmer Freude, wenn auch die Sonne noch so hell schien. Einmal aber hatte er sie schon drei Tage lang nicht gesehn und war trostlos. Alle Verweise seines Vaters, alle Bitten seiner Braut hatten nicht vermocht, seinen Trübsinn zu verscheuchen, und er wurde sichtlich blaß und mager. So merkte er es auch eines Abends nicht, daß der bunte Schmetterling herangeflogen kam, den er sonst nie hatte leiden mögen. Der war aber auch ganz trübselig, und da wurde Veilchenprinz aufmerksam und fragte, was ihm wäre. »Ach«, sagte der Schmetterling, »denk nur, Veilchenprinz, in einer Stunde muß ich sterben! und da komme ich nur her, um Abschied zu nehmen, vornehmlich von deiner Braut; und da ich nun doch bald sterben soll, so kann ich's ja sagen, wie sehr ich sie geliebt habe!« – Veilchenprinz war bis zu Thränen gerührt; er umarmte den Schmetterling und bedauerte ihn von Herzen. »Ist denn kein Mittel, dir zu helfen, armer Schelm?« sagte er. – »O ja, es giebt wohl eins, aber das ist so gut wie keins; denn es läßt sich nicht ausführen. Es müßt' ein Blumenelf meine Flügel nehmen und mich in seine Blume lassen; dann würd' ich fortleben, er aber würde nach einer Stunde sterben müssen. Wer wollte das wohl thun?« setzte er traurig hinzu. – Wie ein Blitz fuhr es Veilchenprinz durch den Kopf. »Hör'«, sprach er, »ich hätte nicht übel Lust dazu. Mein Vater behandelt mich hart, meine Braut mag ich nicht, und das Leben ist mir verhaßt; also mach' ich den Tausch von Herzen gern. Ich dacht' es mir immer herrlich, so in der freien Luft herumzugaukeln, und für eine einzige Stunde solcher Lust will ich gern mein ganzes Leben hingeben.« – Der Schmetterling war edelmüthig genug, den Vorschlag abzulehnen. Als er aber sah, daß es Veilchenprinz ganz Ernst war, ging er, wiewohl mit Widerstreben, darauf ein. Der König schlief schon, und die Braut ließ es nicht ungern geschehen, obwohl sie auch Veilchenprinz recht lieb gehabt hatte, weil er so gar sanft und gut war. In wenig Augenblicken hatte er die Flügel an den Schultern und zu seiner Freude konnte er sie ganz leicht gebrauchen. Nicht

111

ohne Wehmuth nahm er Abschied von seinen schlummernden Freunden, und nachdem er den Springbrunnen noch einmal umkreis't hatte und auf der Stelle geruht, wo er seine Freundin zum ersten Male sah, schwang er seine Flügel höher und flog über die Trauerweiden hinweg in die kühle Nacht, durch den duftenden Garten.

Eine neue, unbekannte Welt that sich vor ihm auf. Ringsum rüttelte der Wind an den Sträuchern, und in dem Laube der Bäume wispert' es und rauschte, wie verworrene Klänge ferner Stimmen, und wunderlich streckten die Bäume ihre dunkeln Aeste heraus, wie wenn sie drohend den Finger aufheben wollten. Er aber achtete auf nichts, sondern flog weiter und weiter, nur ihr Bild im Herzen und den heißen Wunsch sie zu sehn. Das Haus konnte man mit seinen erleuchteten Fenstern durch den ganzen Garten gewahr werden, und das Ziel, das Veilchenprinz verfolgte, war zwar etwas weit, aber nicht zu verfehlen. Einigemal gönnte er sich eine kurze Ruhe; dann aber ging's um so eiliger vorwärts, und mit unendlicher Freude sah er das Haus nun vor sich. Aber ach! die ersten Fenster, an die er kam, waren verschlossen, und er flatterte ängstlich weiter von Fenster zu Fenster; das letzte von allen war offen, und der Schein der Lampe strahlte in die nächtlichen Dunkel dämmrig hinein. Drinnen saß der Bruder mit der Laute im Arm, ihm zu Füßen auf einem Bänkchen seine Schwester, weiß gekleidet und einen Kranz von frischen Rosen im Haar. Sie hatten eben gesungen und schauten nun träumerisch in die sternenhelle Landschaft. Die Jungfrau fuhr mit der Hand über die Stirn und sagte: »Bitte, singe mir die letzten Strophen noch einmal! sie haben mich tief gerührt.« Und der gefällige Bruder griff wieder in die Saiten und begleitete folgende Worte:

Und gehst du über den Kirchhof,

Da find'st du ein frisches Grab;
Da senkten sie mit Thränen
Ein schönes Herz hinab.

Und fragst du, woran's gestorben?
Kein Grabstein Antwort giebt;
Doch leise flüstern die Lüftchen:
Es hatte zu heiß geliebt.

Eine wehmüthige Stille durchzog das Gemach, die Keins zu brechen wagte. Endlich aber sagte der Bruder: »Sieh den schönen Schmetterling, der da hereingeflogen ist, wie er in deiner Nähe herumflattert! jetzt sitzt er auf deiner Stirn; sieh nur, wie zärtlich er thut!« Wirklich flog ein kleiner blauer Schmetterling um der Jungfrau Angesicht her und berührte sogar leise ihre Lippen. Die Geschwister lächelten. Es lag ein eigenthümlich Gemisch von Scheu und Inbrunst in den Bewegungen des kleinen Wesens, und eine ganze Zeitlang sahen sie ihm mit Vergnügen zu. Plötzlich aber taumelte er zurück und stürzte todt in den Schoß der Jungfrau. Betroffen sahen sich die Beiden an. Der zärtliche Bruder sagte: »Er ist so lange um das Licht herumgeflogen, bis er sich die Flügel verbrannt hat.« Die Schwester aber war aufgestanden, lehnte sich sinnend an das Fenster, und mit dem kleinen entseelten Schmetterling in der Hand schaute sie hinaus. Ein kühler Nachtwind fuhr durch die Saiten der Laute, und wie im Traum lispelte die Jungfrau: »Er hatte zu heiß geliebt!«

Das Märchen von Blindekuh.

Es war einmal ein kleiner königlicher Kuhjunge, der hieß John, und hatte Sonntag wie Alltag einen Miethszettel hinten heraushängen (nämlich den Hemdenzipfel, der aus den Höschen vorguckte). Darum nannten ihn die Kammerjungfern und Lakayen nie anders, als den Kuhjohn mit dem Miethszettel; und das nahm er sich sehr zu Herzen, denn er konnt' es doch einmal nicht ändern. Da seine Mutter selig ans Sterben kam, hatte sie ihm gehörig eingeschärft, er solle bei Hofe nur immer brav Respekt haben; dann werd' es ihm schon wohl gehn. Nun merkte er sich's und hatte erstaunlich viel Respekt, den ganzen Tag über bis spät in die Nacht, wo er sich auf dem Futterboden schlafen legte. Da ging's ihm denn auch wirklich recht wohl, für einen Kuhjungen zumal. Denn oben auf dem Boden hatte er ein Nest aufgespürt an der Dachluke, darin logirte eine Spatzenfamilie, die bei ihm in Kost ging. Ei, dachte er, wenn er ihnen Brodkrümchen streute, so giebt's doch auch Leute, die vor *mir* Respekt haben! Außerdem hatte er gute Freundschaft geschlossen mit der alten Melkmarei, die ihm oft eine Brodsuppe kochte; denn das war eigentlich ihr Fach, und des Großmoguls Koch hätte es nicht besser verstanden. Nebenher aber war die Melkmarei eine richtige Hexe, und kein Mensch wußte es, und der kleine Kuhjohn auch nicht.

Der König nun, dem der Kuhstall gehörte, hieß Grobianus und hatte eine wunderschöne Tochter, die Naserümpfchen genannt wurde. Wenn der kleine Kuhjohn der Prinzessin ansichtig ward, hatte er noch zehnmal so viel Respekt als sonst, und noch weit mehr, als vor ihrem Vater, weil der sich mit all seinen Leuten gar so gemein machte

115

und ihm selbst einmal höchsteigenhändig einen Fußtritt gab. Dergleichen fiel Naserümpfchen nicht ein; sie zuckte nur immer die Achseln und sagte zu Allem, was ihr nicht recht war, auf Französisch: puh!

Eines Tages ging sie gerade beim Kuhstall vorbei und bekam Lust, die Nase hineinzustecken. Der kleine Kuhjohn machte eben dem lieben Rindvieh die Streu und war so geschäftig, daß ihm sein Miethszettelchen fleißig hin und her wackelte. Wie er die Prinzessin in der Stallthür stehen sah, zog er seine Kappe in aller Eile und präsentirte seine Mistgabel nach Art der Soldaten. Darüber fing Naserümpfchen laut an zu lachen und sagte: Puh! 's ist doch entsetzlich muffig hier. Ach, und der kleine Kuhjohn mit dem Miethszettel ist ein rechter Mistfink! – Zufällig saß die Melkmarei auch im Stall und hörte das Alles. Es griff aber sehr an ihre Ehre; denn der Kleine war ja ihr Freund und für den Stall hatte sie mit zu sorgen. Da wurde sie so erbos't, daß sie ihren Topf mit Brodsuppe Naserümpfchen über den Kopf goß und dabei folgenden Hexenspruch sagte:

Panorama Diorama
Spargnapani Cosmorama.
Naserümpfchen, werde zu
Einer weißen Blindekuh!
Sollst so lang vierfüßig laufen,
Bis du einen ganzen Haufen
Von Kuhblumen aufgefressen
Und den Hochmuth hast vergessen.
Will sich dann ein Mensch mit Grämen
Dein Geschick zu Herzen nehmen,
Daß er den Verstand verliert,
Dann ist Blindekuh kurirt.
Hokuspokus, Naserümpfchen
Mit den weißen Kuhhaarsträmpfchen!
Maccaroni Melodrama

Capuletti Monodrama!

Sie war kaum damit fertig, da war auch die Verwandlung schon vollendet, und statt der schönen Prinzessin stand eine gar zierliche weiße Blindekuh vor dem Stalle. Die Melkmarei ging hustend und schmunzelnd ihrer Wege und warf kaum noch einen Blick auf das arme verwunschene Naserümpfchen. Aber der kleine Kuhjohn bekam einen so gewaltigen Schreck, daß ihm die Mistgabel aus der Hand fiel. Darauf überlegte er, ob es nicht gegen den Respekt wäre, wenn er zu der Prinzessin ginge und sich erkundigte, ob er ihr was helfen könne. Er that's endlich und sagte ganz sanft: Königliche Hoheit, befehlt nur, was Ihr von mir wollt; ich bin Euer unterthäniger Diener. – Die arme Blindekuh konnte zuerst nichts weiter antworten, als Muh!! und da erschrak der Kleine wieder, denn es klang ihm fast wie ihr gewöhnliches Puh! Dann aber kam die Prinzessin wieder zur Besinnung und sagte ganz verständlich: Ach lieber Freund! so kann ich mich doch nirgend sehn lassen; also sei so gut und führe mich weg, irgendwohin; denn ich fühle wohl, ich bin eine abscheuliche Kuh geworden, und blind wie ich bin, weiß ich auch nicht Weg und Steg. – Das rührte den Kleinen; er sagte, er werde gleich wieder da sein und stieg hinauf in den Futterboden, um ein wenig Heu zu holen und es um ihre Hörner zu wickeln, damit sie nicht so drückten. Wie er bei seiner Spatzenfamilie vorbeiging, riefen die kleinen Vögelchen:

Bitte bitt',
Nimm uns mit,
Liebster Kuhjohn!
Verdienst dir Gotteslohn.

Da nahm er das ganze Nest mit und befestigte es zwischen den Hörnern der Blindekuh auf dem Heu. Es ist zwar eigentlich gegen den Respekt, dacht' er, aber sie sieht's ja nicht. Darauf holte er noch eine lange Schnur, bat die Prinzessin, das eine Ende in den Mund zu nehmen, und so führte er sie von dannen, die Landstraße entlang, die durch den dicken dicken Wald läuft.

Nun ging die Blindekuh gesenkten Hauptes fürbaß, denn sie war sehr betrübt. Der kleine Kuhjohn schritt auch ganz verlegen nebenher und wußte sich nicht recht zu benehmen. Es ist doch eigentlich gegen den Respekt, sagte er sich, daß ich die Prinzeß so an der Nase herumführe. – Aber es half einmal nichts. Wenn die Fliegen und Bremsen kamen und die Blindekuh stechen wollten, hätte er sie gern mit seinem Taschentuch weggejagt. Das ging aber nicht an; einmal besaß er keins und dann hätte er ja die Prinzessin schlagen können, und es war ein Glück, daß er seine Spatzen mit hatte, denen rief er leise:

> Fangt, liebe Spatzen,
> Die Gnitzen und Gnatzen,
> Die Fliegen und Mücken
> Von Prinzeß Naserümpfchens Rücken!

Da waren die Vögel flink hinterher und schnappten das Geziefer alles weg. Dabei schaute der kleine Kuhjohn beständig um sich, ob er keine Kuhblume entdecken könne. Leider waren sie in dem Jahre gerade schlecht gerathen und fanden sich nur hier und da am Wege. Nun durfte der Kleine aber die Leine nicht los lassen, an der er die Prinzessin führte, rief also wieder den Vögeln:

> Liebe Spatzen, pflückt geschwind
> Gelbe Blumen, so viel da sind!
> Bringt sie her mit Stengel und Stümpfchen;
> Heilsam sind sie Naserümpfchen.

Da flogen die Spatzen wieder gar eifrig nach den Blumen, bissen sie ganz unten ab mit ihren scharfen Schnäbeln und brachten sie ihrem Herrn. Der sagte ganz leise Brrrr! und fragte dann die Prinzessin, ob sie die Kuhblumen wohl aus seiner Hand essen wolle; einen Teller habe er leider nicht, aber sie sei ganz appetitlich und sauber. Die Blindekuh erwiederte: Danke schön, und mach' nur keine Umstände! Darauf fraß sie die Blumen betrübt in sich hinein und ging weiter, und das wiederholte sich, so oft die Vögel einige zusammengeholt hatten. Ach, dachte der Kuhjohn, zu einem Haufen ist es doch zu wenig! Und wie soll ich's nun gar anfangen, mein bischen Verstand zu verlieren? O die böse Melkmarei! ich hätt' ihr so was nimmer zugetraut. – In solchen Gedanken machte er die Reise niedergeschlagen weiter und sein Miethszettel wedelte wehmüthig hinterdrein.

Der König Grobianus aber, wie er merkte, daß seine Tochter verschwunden war, gerieth in einen kirschbraunen Zorn und ließ sogleich nachforschen, wie es wohl zugegangen sein könne. Da fand sich denn, daß der kleine Kuhjohn auch vermißt wurde, und der König kam auf den Verdacht, der Kleine habe die Prinzessin entführt, worüber er sehr grob wurde. Er schickte sogleich eine Menge Soldaten nach allen Richtungen aus, um die Entflohenen zu suchen, und ließ von allen Thürmen Sturm läuten, damit der Skandal in der Stadt noch lauter würde, als die skandalöse Entführung. Die Soldaten fanden auch nichts; denn als der eine Trupp den Weg entlang kam, den die Blindekuh mit ihrem Gefolge eingeschlagen hatte, hörte die Prinzeß schon von ferne das Pferdegetrappel und flüsterte ihrem Führer ängstlich zu: Ach, das sind meines Vaters Reiter, die er uns nachgeschickt hat. Versteck mich irgendwo! – Der Kuhjohn aber war gescheidt genug; er rief den Vögeln und sagte:

Der Prinzessin zu Gefallen
Nehmet Sand in Schnabel und Krallen,

Streut ihn in der Reiter Augen,
Daß sie nicht zum Spähen taugen;
Aber Spätzlein, macht geschwind,
Eh ein böser Blick uns find't!

Nun hätte man die Vögel sehen sollen, wie geschickt sie den Reitern Sand in die Augen streuten, daß die ganz betroffen umkehrten und einfach sagten, sie hätten nichts gefunden. Da wurde der König noch böser und ließ einen langen Steckbrief in die Zeitung setzen, in welchem dem ehrlichen Finder, der die Prinzessin und einen sichern Kuhjohn mit dem Miethszettel wiederbrächte, die Prinzessin und das halbe Königreich versprochen wurde. Die Melkmarei aber, die von bösen Zungen als Hexe verschrieen wurde, ließ der König auf offnem Markte verbrennen. Da ward es klar, daß sie eine richtige Hexe war. Denn als die Lohe hoch aufschlug, hörte man inmitten der Flammen eine heisere Stimme singen:

Der König Rex
Hat Macht so viel,
Ist doch ein Spiel
Griesegrauer Hex!

Sein Töchterlein,
Vom Zauber bezwungen,
Läuft mit dem Kuhjungen
In die Welt hinein.

Weh, Windchen weh!
Dann geht's in die Höh.
Herr König, ade!
Siehst sie nimmermeh!

Und da flog wahrhaftig eine schwarze Rabe in die Höhe, krächzte oben noch ganz höhnisch und flog davon, nachdem sie zuvor auf des Königs Krone etwas hatte fallen lassen, wovon das blanke Gold eben so blind ward, wie des jungen Tobias Augen dereinst.

Der kleine John mit der Blindekuh war indessen immer weiter gegangen und fing allmählich an, sich nach den Brodsuppen der Melkmarei zu sehnen. Obenein sah er's auch den Spatzen an, daß sie Hunger hatten; denn es war gerade die Stunde, wo sie sonst zu Nacht aßen, da sie bei ihm in Kost gingen auf dem Futterboden. Nun schaute er ringsum, ob er keine Beeren sehn könnte; aber es wuchs auch nicht das Geringste in dem bösen öden Walde. Wie er den weißen Mond hinten durch die Bäume gucken sah, glaubte er erst, es wär' ein großer Käse, der sich irgendwie auf die Wipfel verlaufen hätte. Nachher aber sah er seinen Irrthum betrübt ein, und da wußte er gar nichts besseres anzufangen, als daß er ein altes Lied sang:

Das Fechten ist verboten,
Das Mausen ist nicht erlaubt;
Da dürst' ich nun nach Noten,
Ermattet und verstaubt!

Auf Schusters Rappen sieht sich
Die Welt passabel an,
Hat man nur brav im Beutel,
Womit man klimpern kann.

Doch sind dem Wandergesellen
Die Taschen beide leer,
Sein Magen thut ihm bellen,
Sein Ränzel wird ihm schwer!

Gebraten und Gesotten,
In jeder Schenk' ein Bier,
Und hoch zu Rosse trotten –
Solch Wandern lob' ich mir!

Da geschah es recht zum Glück, daß die schwarze Rabe, die Melkmarei, über den Wald geflogen kam, und hörte was ihr Liebling sang. Sie hatte gar kein Rabenherz, und da sie eine Jägerhütte wußte, nicht weit von der Landstraße ab, flog sie geschwind dorthin und stahl Käse und Brod durchs offne Fenster dem Jägerskind vor dem Munde weg, um es dem kleinen Kuhjohn zu bringen. Sie warf's aber gerade in das Nest zwischen den Hörnern der Blindekuh, daß die Prinzessin ganz erschrocken war und fragte: Lieber kleiner Kuhjohn, wer warf mich da? – Der Kleine war noch mehr erschrocken, denn er dachte, es wäre doch ganz gegen den Respeckt, wenn so das erste beste Stück Käse und Brod der Prinzessin auf den Kopf fiele; sagte also ganz schüchtern: Es muß der Wind gewesen sein, der Tannenzäpfchen abschüttelt. – Dann rief er aber die Vögel und gab ihnen von dem Brode, und den Rest sammt dem Käse aß er allein. Und wie er den Mund mit dem Aermel geputzt hatte, sagte er: Gesegnete Mahlzeit! und war wieder ganz guter Dinge.

Nun wurde es aber stockfinster, denn der Mond war noch nicht hoch herauf. Die Prinzessin sah zwar die Finsterniß nicht, weil sie ja blind war; aber sie war doch erstaunlich müde, und der Kuhjohn merkte ihr's wohl an. Zufällig kamen sie an eine Stelle, wo ein seltsames Moos wuchs. Der junge Jäger nämlich hatte sich vor Zeiten dort seinen Backenbart abrasirt, und der hatte in dem fetten schwarzen Boden Wurzel geschlagen und mächtig gewuchert, daß man so weich drauf lag, wie auf einer Pferdehaarmatratze. Da hielt der kleine Kuhjohn still und fragte die Blindekuh, ob sie hier übernachten wollten. – Ach ja, erwiederte das verwunschene Naserümpfchen. Es ist nur fatal, daß ich mit meinen vier Beinen so unbeholfen bin und mich nicht niederlegen kann; am Ende weiß ich mir morgen nicht wieder aufzuhelfen! Und in den Kleidern muß ich auch bleiben; denn die Kuhhaarstrümpfchen gehn nicht ab und die gespaltenen Schuhe auch nicht. Ach Gott, wenn ich nur erlös't wäre! – Der kleine John wurde durch ihre Worte immer trauriger, nahm ihr sanft die Leine aus dem Maul, und so schlief sie stante pede die ganze Nacht, und die Spatzen schlupften in das Nest zwischen ihren Hörnern und schnarchten ein wunderschönes Concert zusammen.

Der Kuhjohn hätte sich gar zu gern auf das weiche Haarmoos gestreckt; aber das gab doch der Respekt nicht zu, daß er lag, während die Prinzessin stand. Er kauerte sich also mit untergeschlagenen Beinen neben sie und faltete die Hände, so daß es fast so aussah, als ob er sie anbete. Aber weil er so viel Sorgen hatte ihretwegen, auch gar unbequem saß, kam er zu keinem rechten Schlaf und wachte alle Augenblick auf. Nun wurde es aber nach und nach blitzeblank am Himmel; denn es war große Illumination, dem Geburtstag der Jungfrau Maria zu Ehren. Weil aber das Gewimmel von Sternen gar zu groß war, verlor hie und da ein junger unerfahrner die Balance und fiel dann radschlagend auf die Erde herunter ins Gras. Das sah der kleine Kuhjohn nicht, sondern gewahrte mit seinen verschlafenen Augen nur das gelbe Flimmern durch das Grün, und weil er in Gedanken immer bei der Prinzessin war und ihrer Erlösung, meinte er, es seien lauter Kuhblumen und machte sich halb im Traum auf, sie zu pflücken. Dazu kam noch, daß die Irrwische jedesmal, wenn ein Stern gefallen war, herbeihüpften, um wo möglich was Neues zu erfahren aus dem himmlischen Reich. Aber die Sterne fielen immer so hart auf den Kopf, daß ihr Lebensflämmchen erlosch, und da konnten sie auch nichts mehr sagen, als höchstens ein Stoßgebetlein ums ewige Leben. Da wurde der kleine Kuhjohn immer von neuem betrogen; denn es flimmerte wohl überall gelb und goldig, aber sobald er nahe kam, erlosch der Schein, daß er sich ganz erhitzte und doch nichts haschte. Und so lief er weit weit weg, immer den Kuhblumen nach, bis er ganz erschöpft ins Gras sank und einschlief.

Als die Sonne aufging am andern Morgen, wunderte sie sich nicht wenig, den kleinen Kuhjohn in der Waldwildniß zu sehn und die Blindekuh fernab am Wege auf dem weichen Bartmoos. Der Kleine aber, wie er die Augen aufthat und noch halb verschlafen fragte, wie Prinzeß Naserümpfchen geruht habe, erschrak und wurde im Gesicht so kreideweiß wie sein Miethszettel. Er lief die Kreuz und Quer zwischen dem hohen Farnkraut herum und rief nach der Prinzessin; aber da bekam er keine Antwort, kein Muh! und kein Puh! Nun malte er sich's immer deutlicher aus, wie es doch gegen den Respekt wäre, die blinde Prinzessin so im Stich zu lassen und wie übel es ihr nun ergehen könne; das machte ihm das Herz fast zerspringen. Die alte Rabe kam geflogen und brachte ihm einen Topf mit Brodsuppe, den sie irgendwo gestohlen hatte. Sie setzte ihn gerade vor seine Nase auf einen Baumstumpf; aber der Kuhjohn war ziemlich kalt dagegen. Brodsuppe hin, Brodsuppe her! sagte er. Sie hat's eingebrockt und ich muß es ausessen. Ach die arme Prinzessin! Ach mein schöner Respekt! wo ist der hin? Könnt' ich nur wenigstens den Verstand verlieren! – Damit warf er sich längelangs in das Farnkraut und weinte, daß es nur so schwamm und alle Pilze versalzen wurden. Dann stand er wieder auf und wehklagte hin und her durch die Waldeinsamkeit, bis es zuletzt dahin kam, daß er wirklich den Verstand verlor. Da lag nun der schöne Kuhjungenverstand zwischen dem Farnkraut, und die Käfer liefen als ob's gar nichts wäre darum herum und befühlten ihn mit den dünnen Vorderbeinchen. Der frühere Besitzer aber ging weiter, hörte mit einmal auf zu weinen und sagte: Gott sei Dank! da hab' ich meinen Verstand verloren, und nun wird noch Alles gut. – Es war zwar nicht viel, was er von Verstand bei sich führte; aber zuweilen war's ihm doch unbequem gewesen. Ei wie er nun sang und sprang, als wäre er einen Stein vom Herzen los geworden! Die Melkmarei aber, die alte Rabe, hatte sich die Stelle wohl gemerkt, wo der Verstand lag, flog nun hinter ihm her, und steckte ihm ganz sacht, so daß er's nicht inne ward, den Miethszettel hinten in die Höslein. Sie hatte ihre guten Gründe dabei, wie sie überhaupt alles bisher nur ihrem Freunde zum Besten eingerichtet hatte. Der ging immer zu, pflückte Kuhblumen ab, wo er welche sah, und sagte im Stillen: Es muß da hinten bei meinem Miethszettel etwas nicht richtig sein; am Ende hat mein Verstand darin gesessen und er ist mit verloren, denn ich fühle nichts mehr baumeln. Weiter forschte er aber nicht, weil er eben keinen Verstand mehr hatte.

Er sang auch unterwegs kuriose Lieder, die einen guten Klang hatten, und es war doch kein Verstand darin. Unter anderm:

> Die Berge sind spitz
> Und die Berge sind kalt.
> Mein Schatz steigt zu Berge
> Und ich in den Wald.

> Da tröpfelt das Laub
> Von Regen und Thau.
> Ob die Augen da tröpfeln,
> Wer sieht es genau?

> *   *   *

> Da drunten im Thal
> Da blühen die Rosen;
> Da will ich dich küssen
> Viel tausendmal.

> Wer Röselein bricht,
> Den stechen die Dornen;
> Und sei mir nicht bös,
> Wenn mein Schnurrbart dich sticht.

*   *   *

Am Wildbach die Weiden
Die schwanken Tag und Nacht.
Die Liebe von uns beiden
Hat Gott so fest gemacht.

Am Wildbach die Weiden
Die haben nicht Wort und Ton.
Wenn sich die Augen besprechen,
So wissen die Herzen davon.

Und dergleichen mehr und dachte sich nichts dabei, eben so wenig beim Kuhblumenpflücken; aber die alte Melkmarei hatte ihren heimlichen Spaß daran.

Darüber hätt' ich aber fast zu erzählen vergessen, wie es der Blindekuh ging. Das arme Thier wachte in grauer Frühe auf; denn es war ja gar nicht gewohnt, stante pede zu schlafen. Wie es nun so mit dem Kopf ruckte, blieben die Spatzen auch nicht lange still in den Federn, reckten sich erst ein wenig und huschten dann hinaus. O weh! da war von ihrem Herrn nichts zu sehen; nur die Leine, an der er die Prinzessin geführt hatte, lag auf dem Moose. Frau! sagte der Spatzenvater zu seiner Ehehälfte, was thun wir nun? – Hole die Leine, erwiederte die Spätzin, und bitte die Blindekuh, sie wieder ins Maul zu nehmen; und dann wollen wir weiter bis ins nächste Dorf zu dem Bauer, dessen Hausspätzin ich war, bevor du mich heirathetest. Und unsere Jungen, Gelbschnabel und Grünschnabel, können Kuhblumen besorgen, während ich die Gnitzen und Gnatzen wegfange. – Das hatte aber die Blindekuh gehört und fragte ängstlich: Lieber Kuhjohn, wo bist du? und wann geht's weiter? Ich habe auch Appetit auf einige Kuhblumen. – Darauf flog der alte Spatz dicht an ihr Ohr und sagte ihr Alles, wie seine Frau es gerathen hatte. Ach, da wurde Naserümpfchen betrübt! Aber weil's doch nicht anders ging, nahm sie die Leine gutwillig zwischen ihre Perlenzähne, und nun flatterte der Spatz bedächtig voran, dicht über dem Boden, da es der Blindekuh sonst zu schnell gewesen wäre, und seine Familie sorgte für das Uebrige. Es war aber doch ein schwieriges Geschäft; denn immer wenn die Blindekuh eine gelbe Blume kaute, fiel ihr die Leine aus dem Munde, und es wurde dem Spatzen schwerer, sie wieder hineinzustecken, als es dem kleinen Kuhjohn geworden war. Dabei seufzte die Prinzessin oft, und das klang jedesmal Muh! worüber die Vögel erschraken. Das einzige Gute war, daß sie Zeit genug hatte, bescheidner zu werden und eine rechte Sehnsucht nach dem guten Kuhjohn bekam, den sie früher immer nur ausgelacht hatte.

Wie sie nun so die Landstraße hinab zogen nach dem Dörfchen zu, kam ihnen eine Schaar von Schulkindern entgegen, die hinter die Schule gegangen waren, um sich im Walde lustig zu machen. Als sie die Blindekuh kommen sahen und die Vögel umher, fingen sie laut an zu lachen und waren sehr ausgelassen und unartig, daß die Vögel scheu wurden und sich zwitschernd in das Nest zwischen den Hörnern verkrochen. Da stand die arme Prinzessin still und fragte: Was ist denn das? Lassen sie mich denn Alle im Stich? – Die Schulkinder aber umringten sie und riefen durch einander: Hört doch einmal! die Blindekuh kann sprechen. Einer von ihnen, der älteste und ein gar übermüthiger Junge, gab ihr geschwind die Leine wieder, führte sie eine Strecke vorwärts und sagte: Blindekuh, ich führe dich. – Wohin denn? fragte die Prinzessin ganz verblüfft. – In den Kuhstall! war die Antwort. – Und was soll ich da? – Milch essen, Blindekuh. – Ach Gott, ich habe ja keinen Löffel. – Dann such dir einen, rief der böse Bube lachend und ließ die Leine fahren. Nun tappte die Blindekuh ängstlich im Kreise herum; aber die Schulkinder wichen ihr neckend und spottend aus, und da sie nicht wußte, wohin sie ging, lief sie gerade auf die Bäume zu und hätte sich gewiß den Kopf ganz wund gestoßen. Da trat noch zur rechten Zeit der kleine Kuhjohn aus dem Walde heraus, eine Menge Kuhblumen unter dem Arm, und wie er so plötzlich Naserümpfchen vor sich sah, freute er sich wie ein König, obgleich er seinen Verstand zwischen dem Farnkraut gelassen hatte. Er ging geschwind zu ihr heran, streichelte sie und gab ihr seine Blumen zu fressen. Wie sie aber die letzte verschluckt hatte, da war's gerade der Haufen, von dem die Melkmarei in dem Zauberspruch geredet hatte, und sie stand als die wunderschöne Prinzessin da, die sie gewesen war. Nur hatte sie einen wunderlichen Kopfputz von Heu und das Nest lag oben auf. Da flogen die Spatzen lustig herunter und ihrem Herrn auf die Schultern und konnten sich gar nicht lassen vor Freude. Der aber ging muthig auf Naserümpfchen zu, umarmte sie und küßte sie wer weiß wie oft. Denn sein Respekt war mit dem Miethszettel in die Höslein gestopft und drin elendiglich erstickt.

Man begreift, was für alberne Gesichter die Schulkinder bei alle dem machten; aber die Prinzessin schenkte ihnen ihr Schnupftuch, damit sie sich die Lippen fegen und reinen Mund halten sollten, was sie auch versprachen. Dann spazierte sie mit dem Kuhjohn nach der Stadt zurück, und was sie sich alles gesagt haben, mag der Himmel wissen. Ich kann nur ein Lied verrathen, das die Prinzeß sang, und der Kuhjohn brummte die zweite Stimme. Das hieß so:

Es pirscht ein Jäger durch den Hain,
Schießt allem Wild ins Herz hinein.
Freikugeln hat er geladen;
Die fehlen nicht und knallen nicht,
Thun allerort viel Schaden.

Du sprödes Reh, es hilft dir nicht,

Gehst du abseit im Walde dicht;
Bist dennoch schlecht geborgen.
Des Jägers Meute find't dich doch;
Das sind die bösen Sorgen.

Die Sorgen bös, die Sorgen lind,
Die Wunden weh und lieblich sind.
Und wer es nie empfunden,
Der weiß auch nicht, wie süß es thut,
An lieben Lippen gesunden.

Das sangen sie denn, und Jedes dachte sich sein Theil dabei
und die Spatzen auch. Wie sie aber in die Stadt kamen zum
König Grobianus, war der hocherfreut, seine Tochter wieder
zu haben und wollte nun geschwind wissen, wer der fremde
Herr sei; denn er erkannte ihn nicht, weil ihm der
Miethszettel fehlte. Da erzählte der Kuhjohn die ganze
Begebenheit und wer er wäre; aber er fand überall
Unglauben, und die Bücherwürmer und Rathschläger
wurden befragt. Die ersteren ließen sich's nun sehr wurmen,
und die Rathschläger schlugen Rath daß sie schwitzten,
erkannten aber einstimmig, der Kuhjohn wär's einmal
nicht; erstens fehle der Miethszettel, und dann sei vom
Kuhjungenverstand keine Spur bei ihm zu finden. Ja das sei
natürlich, bemerkte der Kuhjohn; er habe ihn unterwegs im
Farnkraut verloren. Da ließ der König wieder einen
Steckbrief in die Zeitung setzen: wo sich ein herrenloser
Kuhjungenverstand, so und so angethan, blicken ließe, der
auf den Namen Kuhjohn höre, solle männiglich auf ihn
fahnden und ihn dem Bräutigam von Naserümpfchen gegen
eine angemessene Belohnung wieder ausliefern. Die
Hochzeit aber wurde gleich gehalten, und Grobianus war
die Höflichkeit selbst, zog auch mit Bleistift einen Strich
mitten durch sein Reich und schenkte die eine Hälfte seinem
Eidam. Weil aber Naserümpfchen das Spatzennest noch

immer auf dem Haupt behielt, machten's ihr bei der Hochzeit alle Hofdamen nach und zwar von ihren eignen Haaren, so daß seitdem die Sitte, ein Nest auf dem Kopf zu tragen, sehr gewöhnlich geworden ist.

Am andern Morgen, als das junge Ehepaar aufwachte und Naserümpfchen eben zu ihrem Kuhjohn sagte: Ich weiß doch, daß du mein Kuhjohn bist, und habe dich nur noch lieber darum – kam plötzlich die Melkmarei ins Zimmer geflogen, krächzte in einem Athem: Guten Morgen! und ade! und legte was auf den Nachttisch, worauf sie zum Fenster hinaushuschte. Als die Beiden die Bescherung besahn, da war's denn richtig des jungen Ehemanns Kuhjungenverstand. Mit dem hat er lange gerecht regiert und alle Jahr ein Fest feiern lassen, an dem die Schulkinder hinter die Schule gingen, Blindekuh spielten und jedes ein Taschentuch geschenkt bekam. Der Melkmarei wurde nach des Grobianus Tode eine herrliche Bildsäule auf demselben Platz errichtet, wo sie verbrannt worden war, und alljährlich den Armen Brodsuppe vertheilt zu ihrem Andenken. Die Nachkommen des Kuhjohn aber haben all diese Stiftungen eingehn lassen, die Brodsuppe selber gegessen und mit den Taschentüchern ihre eigne Nase geputzt. Leider schlugen sie überhaupt völlig aus der Art, schrieben sich auf französische Mode Cujon und sind weiter nichts nutz gewesen, als daß sie sprichwörtlich genannt werden, wo von einem unausstehlichen Plagegeist die Rede ist.

Fedelint und Funzifudelchen.

Erstes Kapitel.
Wie es sich ereignet, daß Funzifudelchen, noch ehe sie in der Welt war, von der bösen Fee Aurora Mesopotamia verwunschen wurde.

Es war einmal ein guter kleiner König, der hieß *Muffel* der Erste, ein gar leutseliger Herr, der, wenn er spazieren ging, vor Jedem, der ihn grüßte, seine goldene Krone abnahm. Weil er aber erschrecklich viel Zeit übrig hatte, schaffte er sich einen ganzen Marstall der allerschönsten Steckenpferde an und lebte nach dem Grundsatz: Man muß das Angenehme mit dem Angenehmen zu verbinden wissen. Morgens früh zog er eine kleine Maschine auf, die an seinem Bett stand; das war die sogenannte Staatsmaschine, und die sorgte dafür, daß die Regierung ihren gehörigen Gang nahm. Dann ging Muffel der Erste in seinen Marstall, ließ sich irgend ein Steckenpferd satteln und ritt den lieben langen Tag darauf herum, daß es so eine Art hatte.

Wie aber Jedermann weiß, ist keine Viehart kostspieliger zu unterhalten, als die Rößlein des guten Königs, so daß die armen Unterthanen oft sich das liebe Brod nicht gönnen durften, um nur die schweren Steuern zu erschwingen für den Marstall. Da thaten sie sich zusammen und beriethen sich, wie dem abzuhelfen sei. Endlich kam Einer auf den Einfall, man sollte dem gnädigen Herrn eine Frau verschaffen. Bei dem ewigen Hagestolziren käme der beste Mensch auf kostspielige Gedanken, und wenn der König gar ein Kindchen hätte, das würde ihm lieber sein, als die hölzernen Gäule. Schickten also eine Gesandtschaft an Muffel den Ersten, die ihm das Ding plausibel machte, in tiefster Ehrfurcht erstarb, und mit dem sehr tröstlichen

Bescheide entlassen wurde, Seine Majestät werde sich's überlegen.

Nun ging der gute kleine Monarch in seinen Thiergarten und überlegte aus Leibeskräften. Aber es waren zu viel schöne Dinge im Garten, als daß er ungestört hätte denken können. Gleich vom Schlosse aus mußte er durch eine lange Allee von Invaliden, die Drehorgel spielten, sobald Muffel sich sehen ließ; und Jeder spielte ein anderes Stück, denn der König wollte den Künstler in seiner Eigenthümlichkeit nicht beschränken. Wie aber die Allee zu Ende war, kam man zu einem großen Drathhause, in dem lauter vergoldete Mohrenkinder auf dem Seil tanzten oder Purzelbäume schlugen. Dazwischen brüllten die wilden Bestien und die Papageien schrien: Heil dir im Siegerkranz! und die andern Vögel führten eine Pastoral-Symphonie aus, daß es einen Höllenspektakel gab.

Da drückte sich der König die Krone tiefer über die Ohren und ging nach einem stillen Plätzchen im Garten, wo lauter schwermüthige Weiden wuchsen und nur Trauermäntel und Todtenköpfe fliegen durften, weil der gute Muffel dort seine wehmüthigen Stunden abwartete, deren ja jeder Mensch hat. Nun wollte er heut nur in der Stille dort die Heirath bedenken und freute sich, daß die Löwen, Invaliden und Mohrenkinder weit genug entfernt waren, um ihn nicht zu stören. Aber wie erschrak er, als ihm aus den Schatten eine etwas abgesungene Frauenstimme entgegentönte, die folgendes Lied gar melancholisch hören ließ:

Von Sorgen wie bin ich
Umstrickt und befangen!
Kein Liebster herzinnig
Im Arme mich hält!
In Lüften da hangen
Die Sterne mit Prangen;

Doch ach – ohne Liebe
Wie dunkel die Welt!

Gar lustig zusammen
Vier Aeugelein scheinen,
In seligen Flammen
Einander gesellt.
Vertrübt sind die meinen
Von Wachen und Weinen;
Denn ach – ohne Liebe
Wie dunkel die Welt!

Das machen meine Invaliden doch besser! dachte Muffel bei sich, der in der Musik sehr stark war, trat aber neugierig näher. Da hatte er den seltsamsten Anblick von der Welt. Eine fremde Dame saß auf der Rasenbank und sah halb verschämt, halb innig nach dem König um. Sie war freilich nicht mehr jung, aber auch nichts weniger als schön. Uebrigens war sie in großem Putz und nur an den Manschetten saßen einige gelehrte Tintenflecke. Um sie herum aber lag ein ganzer Haufen Bücher, auf deren Rücken in Gold gedruckt stand: Sämmtliche Werke der Fee Aurora Mesopotamia.

Der König war ein bischen verlegen geworden, drehte die Krone zwischen den Händen herum und brachte endlich heraus: Angenehme Unbekannte, wer sind Sie eigentlich? – Die Dame spielte zierlich mit dem Fächer und flüsterte: Ich bin die Fee Aurora Mesopotamia, und diese Bücher sind meine sämmtlichen Werke. Monarch, fuhr sie dann mit Wärme fort, ich weiß, Sie gehn auf Freiersfüßen. Warum soll das Weib nicht zum Manne sagen: Ich liebe dich! Muffel meines Herzens, wirst du diese federkundige, zarte Feenhand ausschlagen? – Sie reichte ihm gar schmachtend ihre Rechte, und meinte, er würde sie hastig ergreifen und küssen. Aber der König setzte ruhig die Krone wieder auf und sagte: Entschuldigen Sie! Sie könnten meine Großmutter sein, schon nach den sämmtlichen Werken zu urtheilen. – Die Fee erröthete und sprach: Ich bin freilich über die Jahre thörichter Jugend hinaus. Aber ich bringe Ihnen ein Herz voll edler Weiblichkeit entgegen, voll Sinn für das Höhere und mit der Fähigkeit begabt, ein schönes Mannesherz glücklich zu machen. – Wie der König das hörte, sagte er weiter nichts als: Es thut mir leid, Fräulein; aber aus der Partie kann nichts werden! – und dann machte er eine Verbeugung und kehrte spornstreichs um, als wäre er dem Fegefeuer entronnen.

Die Fee aber rief ihm nach: Verblendeter! Grober Charakter! So verwünsche ich denn das Kind, das dir eine Andere schenken wird, daß es sein Lebtag die Augen nicht öffnen soll, wenn ihm nicht einer das Lied der Nixe Undula um Mitternacht vorsingen wird. – Und dann schlug sie ein höhnisches Gelächter auf, zertrat die lieben, unschuldigen Blumen im Garten und verschwand, und es sollen, wie der Gärtner versichert, die schwermüthigen Weiden so voller Tintenflecke gewesen sein, daß aller Thau des Himmels sie nicht wieder rein waschen konnte.

Wie nun Muffel der Erste, noch ganz erschreckt von der Verwünschung und der verwünschten Person selbst, in tiefen Gedanken seinem Schlosse wieder zuging, sangen auf einmal alle Nachtigallen in den Büschen wie verabredet:

> Prinzessin Rapudanzia
> Die hole dir zum Tanz, ja ja,
> Ziküth, ziküth, ziküth!

Und da fielen alle Leierkasten ein und spielten »Wir winden dir den Jungfernkranz«, daß der gute König ganz begeistert ausrief: Natur und Kunst sprechen für dich – du mußt die Meine werden! Schrieb auch gleich ein sehr zärtliches Briefchen an die Schöne und ihren Vater, den König

Lillabullero, von dem er noch denselben Tag durch einen Eilboten folgende Antwort erhielt:

König Muffel, mit Vergnügen
Kannst du meine Tochter kriegen.
Zeichne mich mit Achtung Dero
Ew'ger Freund Lillabullero.

Die Prinzessin aber hatte ganz fein und zierlich unter den Brief geschrieben: Lieber Bräutigam, ich habe dich von Herzen lieb, und wir wollen uns vertragen wie die Engel im Himmel.

Zweites Kapitel.
Wie der alte verrückte Kapellmeister den aufrührischen Bassisten nachläuft.

Die Hochzeit wurde mit großer Pracht und Herrlichkeit gefeiert, auch bald nachher der ganze Marstall meistbietend versteigert, und nur die Invaliden-Allee blieb im Garten, weil auch die Königin eine große Freundin von guter Musik war. Die vergoldeten Mohrenkinder aber wurden von den Tabackshändlern gekauft und neben die Ladenschilder gestellt, eine Cigarre im Mund und einen Federbusch auf dem Kopfe.

Da nun die Zeit erfüllet war, genas Rapudanzia eines feinen, wunderlieblichen Mägdleins, der man den Namen Funzifudelchen gab. Da war aber erst Freude im Lande! Drei Tage lang war blauer Montag und Volksjubel mit Tanz und Kegelschieben, und die guten Unterthanen illuminirten von Morgens früh bis um Mitternacht alle Fenster, was ich bezweifeln würde, wenn ich's nicht aus den besten Quellen hätte.

Aber leider Gottes wurde die Freude bald in Trauer verkehrt. Funzifudelchen nämlich, so schön und holdselig sie auch in der diamantenen Wiege lag, war doch nicht im Stande die kleinen Augen aufzuschlagen. Muffel der Erste, ingleichen die hohe Wöchnerin waren in Verzweiflung; alle Bemühungen der Aerzte erwiesen sich fruchtlos, denn das kleine Prinzeßchen fing kläglich an zu schreien, sobald man ihr nur die Augenlieder berührte. Da gedachte der trauernde König an die Verwünschung der bösen Fee Aurora Mesopotamia und dessen, was sie ihm von der Nixe Undula zugerufen hatte. Er ließ also am schwarzen Brett in der Universität, weil da alle Tage die klügsten Leute aus- und eingehn, Dem das halbe Königreich und die ganze Prinzessin versprechen, der seiner Tochter um Mitternacht das Lied von der Nixe Undula vorsingen könne. Natürlich solle mit der Hochzeit bis nach der Einsegnung gewartet werden; das halbe Königreich werde er gleich erhalten. Da zerbrachen sich die gelehrtesten Professoren den Kopf, schrieben dicke Bücher über die Nixe Undula, von tausend verschiednen Standpunkten, und stellten die verschiedensten Systeme darüber auf.

Noch mehr aber als den Professoren war den Studenten die Prinzessin zu Kopf gestiegen. Denn die wohnten Alle in einem kleinen Stadtviertelchen zusammen, und der Weg zur Universität führte gerade beim Schlosse vorbei. Der König aber hatte seiner Tochter einen gläsernen Pavillon bauen lassen, wo jeder sie in ihrem Bettchen liegen sehn konnte, und da standen die Herrn Studenten im Vorübergehn still und schauten das Wunderkind an, und kamen regelmäßig zu spät, wozu die Professoren gewiß lange Gesichter gemacht hätten, hätten sie sich nicht bei ihren Forschungen über die Nixe Undula ebenfalls jedesmal verspätet. Ein Student aber verspätete sich gewöhnlich so gewaltig, daß er gerade sich satt gesehen hatte, wenn alle Lehrstunden zu Ende waren, und dann auch noch nicht ganz satt. Denn oft zu nachtschlafender Zeit ließ es ihn zu Haus nicht ruhn, er mußte durchaus aufstehn und nach dem Glas-Pavillon laufen und wieder hineingucken. Das war aber eigentlich verboten; denn da stand die Prinzessin auf und aß und trank, wie alle Andre, und ging in der Stube umher, und das trauernde Königspaar machte ihr Besuch und fragte, wie sie sich befinde und ob sie Fortschritte im Französischen mache und in Allem, was sie sonst lernen mußte. Denn sie hatte zu Nacht Unterricht bei den besten Meistern und war sehr klug, und lernte darum nicht minder gut, weil sie die Augen nicht aufschlagen konnte. Wie gesagt, das durfte aber Niemand mit ansehn, und *Fedelint* – so hieß der neugierige Student – mußte oft den Tag über im Carcer sitzen, weil der Nachtwächter ihn bei dem Glas-Pavillon getroffen hatte. Ja das half Alles nicht, sitzen mußt' er, und machte im Carcer die allerschönsten Sonette auf Funzifudelchen, die man nur lesen konnte.

In der Stadt wohnte auch ein alter Kapellmeister, der zugleich Kantor und Organist am Dom war, ein kleines dürres Männchen, krumm wie ein Fiedelbogen, der hieß *Bratsche*. Weil er aber immer so wunderliche Reden führte und ganz sonderbar einherging, nannten ihn die Currende-Jungen und bald auch die ganze Stadt nicht anders als den alten verrückten Kapellmeister. Der hatte sich auch ganz sterblich in Funzifudelchen verliebt, und war er früher beim Choralsingen oft in eine andre Melodie gerathen, so that er's jetzt erst recht oft, so daß die andächtigen Leute den Kopf schüttelten und sagten: Es wird doch immer ärger mit unserm alten verrückten Kapellmeister. Der aber kehrte sich viel dran! Er hatte nichts anders im Sinn, als das Lied der Nixe Undula, und setzte seinen Kopf drauf, es müsse aus C moll sein. Er hatte das schon allen Leuten vertraut; aber was wollte die bloße Tonart helfen! Damit bekam er weder die Prinzessin, noch das halbe Königreich.

Eines Abends saß er oben in seinem Dachkämmerchen ohne Licht, denn er war gar zu blutarm; aber der Mond schien ihm gerade auf seinen Tisch, der mit Noten und Instrumenten bepackt war. Nebenan schlief die alte Ursel, seine Haushälterin; aber sie hatte einen sehr leisen Schlaf, und er mußte des Abends immer fein still sein und stumme Musik machen, weil sie sonst aufwachte, und dann war sie immer sehr bös. Da saß er nun und sah zum Monde hinauf und meinte, die Flecken drin wären am Ende Noten. Denkt einmal, so verrückt war er schon! Wie er nun eben dran ging, sie herauszubringen, und dachte wahrhaftig, darin wär' das Lied der Nixe Undula enthalten: hörte er unten auf der Gasse einen gewaltig tiefen brummenden Ton. Das ging aber so zu. Es war um die Zeit der Pfingsten, wo die Kinder gewöhnlich das Spielzeug, das sie zu Weihnachten bekommen haben, wegwerfen und ins Freie laufen, um sich die eingefrornen Glieder in der frischen Frühlingsluft aufthauen zu lassen. Dadurch waren unter andern auch die Waldteufel in Ruhestand versetzt worden, und weil das von Natur ein verteufelt brummiges Volk ist, auch Haare auf den Zähnen hat und den Umschwung der Dinge liebt, war es im Stillen zu einer Verschwörung unter ihnen gekommen. Sie hatten sich aus den Bodenkammern, wohin sie verbannt waren, auf die Dächer geschwungen und auf einem geräumigen, flachen Dache in einer schönen Nacht eine Volksversammlung gehalten. Einer, der durch seine Dicke und Größe ausgezeichnet war, auch das Bild Muffels des Ersten auf der Brust trug, wurde zum König gewählt, schwang sich würdevoll auf einen Schornstein und hielt folgende Rede: Verehrte Bassisten! (denn so nennen sich die Waldteufel in amtlichen Sachen) Man hat uns als dumme Teufel behandelt und in eine unthätige Ruhe verurtheilt, die der Tod unsrer schönen Stimmen sein würde. Wir sind waldursprüngliche, freie Geschöpfe; wir brauchen uns das nicht bieten zu lassen. Meine Herren! kehren wir in den

Urzustand zurück! Flüchten wir in die böhmischen Wälder! – –

Allgemeines Bravo ließ den Redner nicht endigen. Es wurde beschlossen, in der nächsten Nacht aufzubrechen, und Alles trennte sich, um bis dahin in der Rumpelkammer seinen Träumen nachzuhängen und der ehrenrührigen Gesellschaft, in der man sich befand, noch verächtlicher als sonst den Rücken zu drehen. Was sind auch Bälle, Peitschen, Steckenpferde und bleierne Soldaten gegen einen waldursprünglichen Bassisten, der den großen Gedanken der Freiheit zum ersten Male gedacht hat!

In der folgenden Nacht setzte sich nun wirklich das ganze geschwänzte und gestielte Heer in Bewegung und flog gerade durch die Gasse, wo der alte verrückte Kapellmeister den Mann im Monde für ein Notenblatt ansah. Bratsche spitzte die Ohren. Ursel! rief er, Ursel! hört Sie nicht? – Was ist denn, Herr Kapellmeister? rief die heisere Alte aus dem Nebenzimmer. – Es ist ein gräulicher Rumor auf der Straße. Was mag's sein? – Ach nix! Hundelärm! gab die Alte zur Antwort und drehte sich ärgerlich auf die andere Seite. Bratsche horchte hoch auf. Nixe? Undula? wiederholte er. Wahrhaftig! ich glaube, sie hat Recht. Klang mir's doch gleich wie C moll. Da muß ich nach! O ich glücklichster Kapellmeister unter dem Monde!

Und damit stürzte er barhaupt und im Schlafrock die Treppe hinunter und den Bassisten nach zum Thore hinaus.

Drittes Kapitel.
Wie Fedelint mit der alten rothnasigen Hexe in den Wald geht.

In derselben Nacht saß Fedelint in seinem

Studentenstübchen am Pult und hatte einen großen griechischen Folianten in Schweinsleder vor sich. Er war eben wieder aus dem Carcer gelassen worden, darin er bei Wasser und Butterbrod vier und zwanzig Stunden hatte sitzen müssen. Dessenungeachtet war er gleich zum Glas-Pavillon gelaufen, um sein geliebtes Funzifudelchen zu sehn; aber zwei Nachtwächter standen da Schildwacht und ließen ihn nicht herankommen. Man hatte ihnen freilich die Augen verbunden, und ihren großen Bulldoggen auch, damit sie nicht selbst das Verbot übertreten möchten, das sie überwachen sollten; aber sie fochten die ganze Nacht hindurch mit großen Spießen rings um sich her in die blaue Luft, und die Hunde waren so abgerichtet, daß sie beständig die Zähne fletschten, so daß der arme Fedelint, so viel Herz er auch hatte, doch unmöglich herzukonnte. So schlenderte er also trübe nach Haus, und wie er durch die mondhellen Gassen ging, fiel ihm ein Lied ein und er sang:

> In der Mondnacht, in der Frühlingsmondnacht
> Gehen Engel um auf leisen Sohlen;
> Blonde Engel, innig und verstohlen
> Küssen sie im Traum die schönsten Blumen.
>
> Süßes Herzlieb, allerschönste Blume!
> Weiß es wohl, woher die Glorie stammet,
> Die dir heut das Antlitz überflammet;
> Bist noch in den Traum der Nacht verloren.
>
> Denkst der Engel, die durchs offne Fenster
> Sich auf Mondesstrahlen zu dir schwangen,
> Hauchten leisen Kuß auf Mund und Wangen
> In der Mondnacht, in der Frühlingsmondnacht!

Ja wenn ich nur ein Engel wär' und auf den Mondstrahlen reiten könnte! sagte er vor sich hin. Dann schlich er unter Seufzern und Stoßgebetlein heim, kletterte die vier Treppen hinauf und trat in seine Stube. Sein Schlafgesell lag schon im Bett und schnarchte für Vier. Er schien ziemlich selig nach Haus gekommen zu sein; denn er lag mit Kanonenstiefeln und Sammetrock da und hielt den Korb des Schlägers, an dem die Cereviskappe noch vom Landesvater her steckte, steif in der rechten Faust, über die der dicke Lederhandschuh gezogen war. Fedelint achtete das nicht, setzte sich, nachdem er ein Licht angezündet, hin und schlug den Folianten auf, aus dem er eifrig zu übersetzen schien. Aber weiß Gott, was da in dem alten vergriffenen Codex stand, oder ob Fedelint nicht recht lesen konnte; kurz und gut, es kamen lauter Sonette an Funzifudelchen aufs Papier.

Da klopfte es dreimal an die Thür. Nur immer herein! rief der am Pult. Die Thür ging schreiend auf, denn sie war, wie das so in Studentenwirthschaften zu gehn pflegt, lange nicht geschmiert worden, und ein altes vertrocknetes Mütterchen trat ein mit einer wunderschönen rothen Nase, die wie lauter Rubin funkelte. Sie wäre trotz ihrer Jugend immer noch eine ganz leidliche Frau gewesen, wenn sie ein paar Zähne mehr und ein paar Falten im Gesicht weniger gehabt hätte. Junger Herr Studiosus, fing sie an und zwinkerte schlau mit den Augen, junger Herr Studiosus! – Was wollt Ihr denn noch so spät, gute Alte? sagte Fedelint und bot der Alten den einzigen noch nicht zerbrochenen Stuhl an, nachdem er ein Dutzend Bücher weggeräumt hatte. – Nicht sitzen, junger Herr, nicht sitzen! Mit mir müßt Ihr gehn, in den Wald hinaus, links an der Mühle vorbei; da liegt ein Schatz, hihihi! viel roth Gold! Sollt ihn haben, wenn Ihr mitkommt. – Fedelint bedachte sich nicht lange. Das Geld war ihm dummer Weise schon seit vierzehn Tagen ausgegangen, und die Philister wollten nicht länger borgen. – Wartet, alte Hexe, rief er, ich will nur meinen Schlafrock anziehn. Es sind böse Nebel zu Nacht. Damit schlupfte er in den großblumigen Schlafrock hinein, setzte die Mütze auf die braunen Locken, und folgte der Alten, die kichernd die Treppen hinabrutschte. Sie gingen zusammen durch die verzwicktesten Gäßchen, immer an den Häusern entlang, die im Schatten standen, und die Alte trippelte mit erstaunlicher Geschwindigkeit voraus. Zum Kuckuk! rief Fedelint, lauft nicht so, Alte! Ich bin müde, habe vierundzwanzig Stunden im Carcer gesessen und nichts zu beißen gehabt, als erbärmliches Butterbrod. – Hihihi! kicherte die Alte. – Hört einmal, fing Fedelint wieder an, laßt mir auch das ewige Kichern; es wird einem ganz unheimlich dabei. – O du liebe Zeit! sagte die Alte; Euch Herrn Studiosen ist auch gar nichts recht zu machen. Immer habt Ihr was zu befehlen und großzusprechen. – Alte, ich kann die anzüglichen Redensarten nicht ausstehn! drohte Fedelint. Am besten ist's, wir reden kein Wort zusammen bis zum Schatze. – Ja ja, der Schatz, der Schatz! murmelte die Alte halblaut und schmunzelte. Ist noch ein bischen weit hin. – Sie waren zum Thore hinaus, und da fing gleich der stockfinstre Wald an. Nur ein schwacher Mondblitz fiel von Zeit zu Zeit auf den Weg, den sie einschlugen; aber die Alte mußte Augen haben, wie eine rechte Eule, denn sie stieß kein einzig Mal an einen Baum oder stolperte über eine Wurzel; vielmehr glaubte Fedelint zu bemerken, daß die Aeste und Sträucher scheu vor ihr ausbogen.

Am Ende ist's eine Hexe, dachte er bei sich. Es lief ihm ein bischen kalt über den Rücken. Dann aber dacht' er gleich: Was kann sie mir thun? An meinem Leben liegt mir nicht so viel; da würd' ich der Qual um Funzifudelchen auf einmal los. Aber wenn sie mich gar heirathete! Solche alte Schachteln denken gewöhnlich, sie sind immer noch viel zu gut für so ein junges Blut. Ach, was schiert's mich! Wenn sie's zu arg macht, kann ich ja doch immer noch Nein sagen. – Sie gingen neben einem blanken Bach vorbei, in den der Mond gar hell und silbern hineinsah. Da hörte Fedelint, wie die Alte ein Lied vor sich sang, gerade als wüßte sie, was er gedacht hatte:

> Und bild' dir keine Narrheit ein!
> Du bist mir viel zu jung;
> Hast kaum drei Haar' unterm Näschen dein,
> Das ist mir nicht genung.

> Und wenn ich einen heirathen thu',
> Muß sein ein Reiter zu Roß,
> Noch 'mal so breit und lang wie du,
> Sein Bart dreier Ellen groß.

> Sein Rößlein saus't in Windeslauf,
> Sein Bart der deckt mich zu;
> Ich sitz' vor ihm am Sattelknauf,
> Und hinterm Ofen du!

Eben wollte Fedelint anfangen, der Alten den Text zu lesen über solch ein ehrenrühriges Lied, da machte der Weg eine Schwenkung und sie standen vor einer schaurigen Schlucht, in die der Bach schäumend sich hinabwarf und ein gewaltiges schwarzes Mühlenrad trieb. Die Mühle lag in dunkeln Umrissen dahinter, an den Berg angelehnt, drüber gelagert großmächtige Eichen und Edeltannen, die die Hütte wie mit Adlersflügeln zu decken und zu bewachen schienen. Junger Herr Studiosus, flüsterte die Alte freundlich grinsend und faßte ihn mit der spindeldürren Hand am Arm, da den Steg hinab, da geht's zum Schatze. Fedelint folgte zögernd und hatte sich nur in Acht zu nehmen, daß sein Schlafrock nicht alle Augenblicke an den spitzen Felszacken hangen blieb. Ein morscher Baumstamm lag über dem Bach, der unter ihren Füßen krachte, und die Wellen murmelten: kullerkuller, hüt' dich! hüt' dich, Studentchen! gluck! gluck! Aber Fedelint war ganz gutes Muths, denn er dachte an Funzifudelchen.

Sie waren schon hart an der Mühle, doch konnte Fedelint

die alte wohlbekannte Hütte nicht wiedererkennen; auch der Grund, in dem sie lag, schien ihm verändert, wilder und schauerlicher, und die Berge, die sonst ein gut Stück von einander entfernt waren, rückten ganz nahe zusammen und drohten einander mit den überhangenden Kuppen, wie riesige Stiere, die einander die Hörner weisen. Anstatt der verfallnen Hütte aber, in der nur der alte Müller wohnte, stand eine verwilderte Burg, ganz in Trümmern, die zerrissene Arme gegen den Nachthimmel streckte, und zwischen den Fensterlücken, wo das Nachtgevögel kreischend aus- und einflog, drängten sich die Mondstrahlen und zitterten über die Schlinggewächse, die aus allen Ritzen vorbrachen. Ein einziges Erkerchen war wohlerhalten und schien bewohnt. »Seht Ihr, Herr Studiosus? da wo das Licht blinkt, zwischen den weißen Hängen, da ist der Schatz verborgen.« Wie die Alte das sagte, fing eine Guitarre leise an zu klimpern und eine holdselige Stimme sang dazu. Fedelint horchte mit verhaltenem Athem auf folgende Worte:

Fedelint! Fedelint!
Die Nacht ist lang;
Da wird so bang
Deinem treuen Kind!

Alt Eule schreit,
Des Windes Saus
Geht rings ums Haus;
Was bist so weit?

Komm, komm geschwind!
Mein Herz und Sinn
Zu dir steht hin,
Fedelint! Fedelint!

Wollt Ihr sie verschmachten lassen, junger Herr? flüsterte

die Alte. Ruft ihr zu, daß Ihr kommen wollt. – Ich weiß nicht, Alte, sagte Fedelint, mir sitzt was im Hals, ich kann nicht rufen; laßt mich hineinschaun. – Kommt, erwiederte die Alte, ich will Euch huckepack zum Erkerfensterchen tragen. – Damit hatte sie den leichten Studenten schon auf den Rücken genommen und war mit ihm nach dem Fenster getrippelt. Der Wind stieß die Vorhänge fort, daß das Licht drinnen flackerte und der Schlafrock Fedelints der Alten weit über den Rücken wehte. Den aber kümmerte es nicht; mit den Händen klammerte er sich ans Fenstersims und schaute hinein. Da lag ein wunderschönes Mädchen mit tiefschwarzem Haar im Großvaterstuhl, die Guitarre in den schwellenden weißen Armen, und die weißen Finger glitten eben wieder über die Saiten, als Fedelint den Kopf zum Fenster hineinsteckte. Da schlug sie die langen Wimpern zu ihm auf, sah ihn mit wehmüthiger Sehnsucht an und sang:

> Fedelint! Fedelint!
> Mußt fest dich klammern
> An meiner Kammern
> Fensterlein fest,
> Auf daß dich läßt
> Hangen der Wind, der Wind!

> Doch mußt vorher
> Verschwör'n, vergessen
> Die kleine Prinzessen;
> Darfst sonst nicht ein
> Zur Liebsten dein,
> Küssen sie nimmer, nimmermehr!

Hihihi! kicherte die Alte unten und schob den Schlafrock weg, daß der auf ihrem Rücken besser hören möchte, seid doch klug, Herr Studiosus! was soll Euch das blinde, verwunschene Ding? – Darauf wurde es stille; nur der Mühlbach rauschte gewaltig auf. Fedelint packte ein eisiger

Schrecken am Schopf; das schöne Mädchen stand auf vom Großvaterstuhl, ging lächelnd und winkend auf ihn zu, und wollt' ihm die Hand reichen, um ihm hineinzuhelfen. Plötzlich trat ihm Funzifudelchens Bild vor die Seele, wie sie so hold und blumenhaft im Bettchen lag und war so lieb und gut und wäre so gern erlös't worden, und er faßte sich ein Herz und schrie: In die Hölle, ihr Hexenpack, jung und alt! – Da that das schöne Mädchen einen gewaltigen Schrei, die Alte kreischte laut auf, schleuderte den armen Fedelint hoch in die Luft, und wie er wieder zu sich und auf die Erde kam, war Alles verschwunden. Er stand hart an der Thür der wohlbekannten Mühlenhütte; es war wieder der alte freundliche Grund, und der Mühlbach trieb ruhig das Rad, daß der Schaum im Mond glitzerte.

Fedelint rieb sich an der Stirn; es war ihm, als hätte er geträumt; und doch war Alles so lebendig gewesen, er meinte noch immer das heisere Kichern der Alten zu hören. Leise klinkte er die Thür auf und trat hinein. Innen hörte er zwei Leute schnarchen; das Mondlicht, das durchs Fenster schien, ließ ihn den Müller und seinen Mühljungen erkennen, die lagen auf dem Stroh und Jeder hatte einen mächtigen Mühlstein als Kissen unterm Kopf. Behutsam machte sich Fedelint fort und zog die Thür leise hinter sich zu. – Bin ich denn nicht bei Sinnen, oder ist's das Fasten im Carcer, das mich so schwach gemacht hat? murmelte er vor sich hin, als er weiter ging. Der morsche Balken war verschwunden; dafür ging er über den alten festen Steg und hielt sich am Geländer fest, weil ihm schwindelte vor all seinen Gedanken. Muß machen, daß ich nach Haus komme, sagte er; die alte Schneiderin (das war nämlich seine Wirthin) soll mir einen rechtschaffnen Fliederthee kochen, damit ich das Fieber los werde. – So ging er die dunkeln Waldwege nach der Stadt zurück. Ein leiser Regenschauer machte ihn frösteln; doch wurde er ganz lustig und sang alte, schöne Studentenlieder, und dachte an Funzifudelchen.

147

Der Regen hörte allmählich auf, und die Wolken flogen fort, die den Mond verhüllt hatten. An einem heimlichen Plätzchen machte er einen Augenblick Halt; da glänzte der Mond gar zu schön und die Wellen liefen lustig murmelnd vorüber. Ein Weidenbaum hing quer über den Bach, daß der Stamm eine ordentliche Brücke bildete. Ei, da muß sich's schön sitzen lassen! dachte Fedelint, schwang sich behend auf den Stamm, und ließ Füße und Schlafrock herunterhangen, daß die Wellen ihm die Sohlen seiner Stiefel benetzten; aber der Schlafrock bekam einen wundervollen nassen Saum. Wie er so saß, kam ihm wieder ein Lied in den Sinn, und er sang:

Wie bin ich nun in kühler Nacht
Im Wald herumgestrichen!
Die Bäume, noch von Regen schwer,
Die wogten tropfend hin und her;
Hätt' nicht mein Herz gebrannt so sehr,
Nach Haus wär' ich gewichen.

Die lohe Glut kein Regen mag,
Kein Thau zu kühlen taugen.
Der rothe Blitz entflammt' sie nicht,
Der jäh die schwarzen Eichen bricht;
Das that der Liebsten Angesicht
Mit den zwei lichten Augen.

Ach Gott! dachte er und hielt ein, da hab' ich wahrhaftig eine Lüge gesungen! Es ist doch ein Jammer, wenn man eine Liebste hat, die verwunschen ist und die Augen nicht aufschlagen darf; darauf ist kein einziges altes Lied eingerichtet. – Er saß so eine Weile und sann; dann sang er weiter:

Es geht ein Wehen durch den Wald,
Die Windsbraut hör' ich singen.

Sie singt von einem Buhlen gut,
Und bis sie dem in Armen ruht,
Muß sie noch weit in bangem Muth
Sich durch die Lande schwingen.

Der Sang der klingt so schauerlich,
Der klingt so wild, so trübe.
Das heiße Sehnen ist erwacht;
Mein Schatz, zu tausend gute Nacht!
Es kommt der Tag, eh du's gedacht,
Der eint getreue Liebe.

Viertes Kapitel.
Wie Fedelint durch ein Unglück ein Glück macht.

Eben war Fedelint im Begriff, seinen kühlen Sitz zu verlassen, und dachte daran, wie er doch so ein leichtsinniger Mensch sei, und nun müsse er sich eine doppelte Portion Fliederthee bei der alten Schneiderin bestellen; da rauschte es nicht gar weit von ihm in den Wellen, daß er neugierig in die Höhe sah. An einer breiteren Stelle des Wildbachs war's, da ging eine ordentliche Bucht ins Ufer hinein, rings von dichtem Busch bekränzt, daß man nicht wohl anders hinsehn konnte, als von der Stelle, wo Fedelint saß. Da mußte das Wasser gar tief sein, denn es war blau und still und kein Kiesel schimmerte vom Grunde. Ein blondes Weib tauchte aus der Tiefe auf, die langen Haare von Vergißmeinnicht und Wasserlilien gekrönt, ein griechisches langes Gewand umgeworfen, weiß und silberglänzig. Sie setzte sich, Fedelint abgewandt, auf einen der großen mit Moos überwachsenen Granitblöcke, die der Bach im Frühling mit sich hinabreißt, und begann ihre gelös'ten Haare in einen Wellenscheitel zu ordnen, wie es

149

Fedelint bei den alten Marmorbildern der Göttinnen gesehn
hatte; dabei sang sie folgendes Lied:

Dein Herzlein mild,
Du liebes Bild,
Das ist noch nicht erglommen,
Und drinnen ruht
Verträumte Glut,
Wird bald zu Tage kommen.

Es hat die Nacht
Einen Thau gebracht
Den Knospen all im Walde,
Und Morgens drauf
Da blüht's zuhauf
Und duftet durch die Halde.

Die Liebe sacht
Hat über Nacht
Dir Thau ins Herz gegossen,
Und Morgens dann,
Man sieht dir's an,
Das Knösplein ist erschlossen.

Sie hatte kaum geendet, da hörte sie hinter sich ein
gewaltiges Krachen, und gleich darauf fiel ein schwerer
Körper ins Wasser. Wie sie umblickte, gewahrte sie Fedelint,
bemüht sich aufzurichten zwischen den Steinen und Wellen;
die Weide hing gebrochen über ihm. Er war, in das Lied
versunken, zu weit aufs obere Ende hinaufgerutscht, um die
Sängerin besser zu sehen. Die aber wandte sich halb
erschrocken, halb zürnend um, und als sie den Mann im
Schlafrock gewahrte, wie er den reißenden Wellen kaum
Widerstand leisten konnte, rief sie: Frevler, der du gewagt
hast mich in der Waldeinsamkeit zu belauschen, zur Strafe
sollen dir auf der Stirn wie weiland Aktäon zwei Hörnlein

wachsen! – Damit wollte sie eilig in die Tiefe hinabtauchen; aber Fedelint, der mit Entsetzen auf seinem Kopf das Geweih wachsen fühlte, rief ihr flehentlich zu: Allerschönste Göttin oder Nymphe, wer du auch seiest, ich beschwöre dich bei der waldschützenden Diana, bleibe und laß mich nicht unverdient büßen! – Es lag so etwas Rührendes in seiner sanften Bitte, daß die erzürnte Schöne unwillkürlich zögerte. Fedelint schwang sich indessen ans Ufer, und als er in dem wogenden Silberspiegel sich beschaute und den stattlichen Kopfschmuck ganz unbefangen als wenn's gar nichts wäre auf seiner Stirn sitzen sah, mußte er, so traurig er war, doch laut auflachen. Er kam sich gerade so vor, wie der Moses in den alten Bilderbibeln, oder gar wie der leibhaftige Gottseibeiuns. Das muß wahr sein, Fräulein, sagte er mit ganz lustiger Stimme, da werdet Ihr keinen Mann kriegen, wenn's ruchtbar wird, daß Ihr's Hörneraufsetzen so gut versteht! Ich bin doch aber wahrhaftig unschuldig dazu gekommen. Habt Ihr ja ein ganz ehrbares Gewand bis über die Fußspitzen, und Diana seligen Andenkens saß gerade im Bad, als der Waidmann Aktäon des Wegs kam. Wenn Ihr mir nur in aller Welt sagtet, wie Ihr auf den Einfall mit den Hörnern gekommen seid! – Ach, sagte die Nixe, das ist eine lange Geschichte! – Sie schien ein bischen betrübt, säumte aber nicht, sondern schritt durch die Wellen, die ihr ehrfurchtsvoll die Hand küßten, nach dem Ufer, wo Fedelint stand und das Wasser aus seinem Schlafrock rang. Sie setzte sich ins Gras dicht neben den Weidenstamm, der so tückisch unter Fedelint zusammenbrach, und hieß den jungen Mann neben sich sitzen. Seid nur dreist! rief sie, als sie bemerkte, daß er fortwährend besorgt nach dem Saume ihres Gewandes sah, ob nicht etwa ein garstiger Fischschwanz hervorguckte – ich bin kein Ungethüm, wie es Eure Poeten mir nachsagen; da seht! – Und damit streckte sie zwei rosige Füßchen aus den Wellen hervor, die der Mondschein küßte, daß das rothe

151

Blut in den Adern viel lustiger zu rinnen schien. Fedelint fuhr nach dem Kopf und meinte gleich, es wüchsen ihm neue Hörner. Die Nixe lachte. Seid doch nicht wunderlich! sagte sie; Ihr sollt die ersten nicht behalten, viel weniger neue haben. An all dem Unglück ist doch nur der Schlafrock Schuld. Aber wer seid Ihr so eigentlich? fragte sie. Da erzählte ihr Fedelint treuherzig seine ganze Geschichte. Sein Vater war Schulmeister in einem kleinen Nest gewesen, hatte ihn früh auf die Universität gebracht und seinen einzigen Bruder auch. Der war aber in die Welt gelaufen; denn er war ein Musikant und spielte die Fiedel wie Einer, aber hinter den Büchern sitzen mochte er nicht. Nun kam die ganze Geschichte von seiner Liebe zu Funzifudelchen, und wie er heut Abend, nachdem er bei Wasser und Butterbrod im Carcer gesessen, von der alten Hexe vexirt sei. – Ach du armer Schelm! sagte die Nix, den Spuk hat dir die böse Fee Aurora Mesopotamia angerichtet; denn wenn du dich hättest verführen lassen, wär' Funzifudelchen dir auf immer verloren gegangen. Aber du mußt ja recht hungrig sein! will dir gleich was holen lassen. – Sie pflückte in Eil von den Blümelein Vergißnichtmein, die häufig am Bach wuchsen, schlang ein Kränzchen und warf's gerade auf die tiefe Stelle. Dazu sang sie:

Kränzlein von den Blumen blau,
Schwimm zu meiner Kammerfrau!
Sag' ihr, daß sie bring' herbei,
Was vom Vesper übrig sei:
Fischsalat von Lachsforellen,
Butterbrödchen mit Sardellen,
Grünen Aal und blauen Hecht;
Schwimm und meld' ihr Alles recht,
Daß sie sei in Eile da!
Dies befiehlt dir Undula.

Das Kränzlein war Augenblicks hinabgesunken. Fedelint aber saß in tiefen Gedanken. Fräulein Nixe, fing er an, ist Undula wirklich Euer Taufnamen? – Die Nixe wurde roth. Man kennt mich jetzt nur unter diesem, sprach sie; früher hieß ich *Wellindchen.* Wenn Ihr mir zuhören wollt, sollt Ihr die ganze Geschichte wissen; dann werden sich auch manche andere Räthsel lösen. Wißt nun also vor allen Dingen, daß ich wirklich die Undula bin, die die böse Fee Mesopotamia meinte, als sie Euer Funzifudelchen verwunschen hat; und das Lied, das Ihr von mir hörtet, ist das, wonach jetzt alle Welt aus ist. Früher aber – doch laßt uns abbrechen; ich sehe da meine Kammerfrau auftauchen, und es ist nicht gut, wenn die Dienstboten um die Familiengeheimnisse ihrer Herrschaft wissen.

Wirklich tauchte an der tiefen Stelle ein junges Nixlein auf und trug auf dem Haupte ein Brett mit einer reichlichen Collation. Sie kam mit niedergeschlagenen Augen auf die Stelle zu, wo Undula und Fedelint saßen, und stellte das Brett auf einen breiten Steinblock, der wie gemacht schien zum Tisch, konnte aber nicht unterlassen, den schönen Studenten verführerisch anzublinzen. Undula sah's gleich und machte ein bös Gesicht. Kannst du das Liebäugeln und Coquettiren noch immer nicht lassen? rief sie zürnend. In euch leichtfertiges Volk ist doch gar keine Sittsamkeit zu bringen! – Das Nixlein wurde hochroth und eilte, wieder hinabzutauchen. Undula aber nöthigte ihren Gast zu essen, machte die üblichen Entschuldigungen der Hausfrau und bat, vorlieb zu nehmen. Sie selbst aß nichts, ließ die Perlen ihres Halsbands durch die Hand gleiten, und während Fedelint mit einem rechten Studentenappetit zu essen anfing, erzählte sie Folgendes.

Fünftes Kapitel.
Abenteuer der Nixe Undula mit dem Professor Theophilus Sutorius.

Es ist nun schon zwanzig Jahr her oder gar drüber, da saß ich eines Tages in dem Wipfel jenes Erlenbäumchens, das, wie Ihr sehn könnt, die Zweige zu einem förmlichen Sitz ausbreitet. Es war das meine liebste Zuflucht, wenn meine Freundinnen mich geärgert hatten; denn ich war damals noch sehr jung und durfte auf den großen Nixenbällen nicht tanzen, und da sahn sie mich zuweilen über die Achsel an und schimpften mich einen Backfisch. Darum zog ich mich, wenn wieder Ball war, in mein Schmollwinkelchen zurück, oben auf den Baum, und weinte.

Da saß ich also wieder einmal und weinte, und hatte meine langen Haare um mich gehüllt, daß sie fast bis auf den Boden herabreichten, als ich einen jungen Menschen daherkommen sah, das Ränzel auf dem Rücken und den Wanderstab in der Hand. Er sang:

> Den Plato und den Cicero,
> Die hab' ich wohl im Kopf;
> Und doch sagt mir die Burschenschaft,
> Ich sei ein dummer Tropf.

> Das kommt daher, das kommt daher,
> Daß ich nicht küssen kann.
> Ach käm' ein einsam Dirnchen doch,
> Die mir es zeigte an!

Weiß Gott, sagte er, das ist ein wundervoller Platz zum Ruhen! Es macht doch herzlich müde, wenn man einmal die Nase in den Wald steckt. Aber schön ist er, und im Horaz und Virgil steht nichts davon. – Er hielt diesen Monolog lateinisch, was ich damals noch nicht verstand; aber weil er ausführlich Tagebuch führte über jedes Wort, was er gesprochen und gedacht hatte, und die guten Gedanken in ein besonderes Heft excerpirte, hat er mir's nachher zu lesen gegeben. Er schnallte nun sein Ränzel ab und war eben im Begriff sich ins Gras zu strecken, da sah er mein langes Haar herniederwehen. Ei der Tausend! rief er aus und weiter nichts, sondern stand mit offnem Munde da und hatte die blaue Kappe in der Hand, und mit der andern spielte er an den Schnüren seiner schwarzen Sammetpikesche. Ich sah nun eigentlich erst, daß er ein bildhübscher Mensch war; nur blaß war er, und wie er so mit offnem Mund und großen Augen dastand, sah er ein bischen dumm aus. Ich war damals ein muthwilliges Ding und rief ihm zu: Junger Herr, macht nur den Mund zu und setzt die Kappe auf, und wenn Ihr ein Stündchen Zeit habt, klettert herauf zu mir; da ist noch ein prächtiger Ast für Euch, wir wollen eins plaudern zusammen. – Er folgte etwas verlegen meinen Worten, kletterte unbeholfen hinauf, und saß mir stumm gegenüber, über und über roth vor Verlegenheit. Nun, sagte ich, Ihr seid mir ein schöner Held, fürchtet Euch vor einem armen jungen Nixchen, das sie Alle Backfisch schimpfen! – Wie ich den Namen Nixe aussprach, sah er, gerade wie Ihr, Fedelint, ängstlich nach dem Saume meines Gewandes, ließ sich aber eben so geschwind von seinem Aberglauben heilen. Erzählt doch, fing ich wieder an, wer Ihr seid; glaubt, ich thue Euch nichts zu Leide! – und dabei mußt' ich die Augen senken, denn ich fühlte, daß er meinem unerfahrnen Herzen schon was zu Leide gethan hatte. – Aengstlich fing er an: Natus ego sum, Theophilus Sutorius – ach verzeiht, schönes Fräulein! unterbrach er sich, ich muß es auf Deutsch sagen; Ihr versteht ja kein Latein. Ich heiße *Gottlieb Schuster*, nenne mich Theophilus Sutorius, weil das anständiger ist, und bin Student im dritten Semester. Meine Kameraden nennen mich einen Philister, weil ich lieber hinter den Büchern, als hinterm Wirthstisch sitze, und lachen mich aus, daß ich nicht küssen kann. Ich sagte ihnen, ich wollt's ja herzlich gern lernen, wenn sie nur Einen wüßten, der darüber Vorlesungen hielte. Da wiesen sie mich zu verschiedenen alten Professoren; ich sollte sie bitten, mir ein privatissimum übers Küssen zu halten. Die aber schüttelten den Kopf und schickten mich zu ihren alten Haushälterinnen, bei denen könnt' ich's lernen. Aber die alten garstigen Fliegen wollten mich umarmen und sagten, als ich mich wehrte, das gehöre auch dazu, das wären die Elemente. Da lief ich fort, und wie ich auf die Kneipe kam und meinen Kameraden das erzählte, lachten sie mich ganz gewaltig aus und sagten, ich sollte in den Ferien eine Reise ins Gebirg machen, und wenn ich an einer einsamen Stelle eine hübsche Dirne träfe, die sollte ich bitten, mir Unterricht im Küssen zu geben; sie würde es wohl ohne Honorar thun. Ja seht, schönes Fräulein, schloß er, da bin ich nun zu Euch gekommen. Wollt Ihr mich's lehren?

Jetzt war die Reihe an mir, zu erröthen; aber der arme Mensch dauerte mich, wie er mich so bittend ansah, und am Ende hätte er's von einer andern gelernt, und das war mir ein unausstehlicher Gedanke. Ich sagte also: Wenn's denn sein müßte, ja! aber so ganz ohne Honorar ging' es nicht; er müsse mir ein bischen Latein beibringen. Das war er denn auch zufrieden, und ich sagte ihm, er solle nur herabsteigen und mir die Hand reichen, daß ich bequem zur Erde käm'. Mit einem Sprung war er unten und stand und hielt die Arme ausgebreitet, freilich wie eine Gliederpuppe, aber er war doch gar zu schön! Ich flocht in der Eil meine Zöpfe auf und sprang vom Baum; ich weiß nicht, wie es zuging, daß ich gerade in seine Arme sank, und in der Bestürzung, wie ich so wankte, drückte ich meine Lippen auf seinen Mund, um mich an ihm zu halten. Ich fühlte, er wurde ganz verwirrt, sagte aber: Nicht wahr, ich kann's noch nicht, Fräulein? – Ach, antwortete ich ihm, Ihr seid nicht ohne Talent; ich hoffe, Ihr sollt es bald aus dem Grunde können. –

Nun war's aber schon spät geworden und ich mußte fort. Lieber Theophilus Sutorius, sagt' ich, ich muß wahrhaftig fort und kann Euch nicht mitnehmen; Ihr möchtet mir ertrinken, denn das Wasser ist Euch gar zu ungewohnt. Aber die Nächte sind jetzt mild genug; da könnt Ihr im Freien hausen, und wenn unten Alles schläft, komme ich zu Euch zum Unterricht und bringe Euch zu essen. – Indem hört' ich von unten rufen: Backfisch! Backfisch! Wellindchen! wo steckst du denn? – Also Wellindchen heißt Ihr, sagte er. Wißt Ihr was? Ihr sollt jetzt Undula getauft werden; das paßt besser in die lateinische Ode, die ich auf Euch machen will; und hört einmal, wenn Ihr mich anredet, müßt Ihr immer Theophile Sutori sagen; das ist der Vocativ, und sonst macht Ihr einen groben Schnitzer gegen die Zumpt'sche Grammatik. – Wie Ihr wollt, sagt' ich; doch nun lebt wohl! ich höre schon wieder nach mir rufen. In drei Stunden geht der Mond auf, da komm' ich zu Euch. Adieu! – Pros't! sagte Theophilus, und ich sah ihn am Ufer stehn und mir nachschaun, wie ich in die Tiefe niedertauchte.

Fedelint hatte der Nixe mit steigendem Erstaunen zugehört und ganz den Fischsalat und die Sardellenbrödchen vergessen. Theophilus Sutorius! rief er aus. Das ist ja der Professor der Philologie und Nixologie an unserer Universität, der das Buch »Ueber die Nichtexistenz der Fischschwänze bei der Gattung Nixa aquosa« geschrieben hat. – Ja, ja, derselbe! seufzte Undula, und all seine Weisheit hat er von mir, der Undankbare! Hört nur weiter. Ich kam also in der Nacht, als mein Vater und meine Freundinnen schliefen, wieder herauf und fand ihn, wie er eben seine Ode auf mich fertig hatte. Ich verstand noch kein Sterbenswörtchen; aber es klang doch schön, wie er's so im Mondschein declamirte; wenn er nur nicht mit den Armen so steif in der Luft herumgefahren wäre! Da aß er nun erst, was ich ihm mitgebracht hatte, rein auf; damals erfuhr ich zuerst, was Studentenappetit ist. Dann fing er seine lateinische Stunde an, und da ich gut begriff, wie wir Nixen alle, kamen wir in der ersten Lection gleich bis amo. Das war ein passender Uebergang zu *meinem* Unterricht, und ich kann Euch versichern, Fedelint – und dabei sah sie erröthend auf ihre Perlenschnur – er machte eben so schnelle Fortschritte im Küssen, wie ich vorher im Lateinischen.

So hatte der gegenseitige Unterricht ungefähr einen Monat gedauert, und ich war es so gewohnt, in altgriechischem Gewande zu erscheinen, daß ich auch jetzt, wo gar Vieles anders geworden ist, mich nur so kleide, wie Ihr mich seht, lieber Fedelint. Da kam ich eines Abends herauf, und meine Augen glitten geschwind nach der Stelle, wo ich sonst den Freund immer fand; aber ach, sie war leer! Der Wind, der klagend in dem Erlenbaum flüsterte, wehte mir ein Blättchen Papier zu, darauf stand:

Vielgeliebte Undula,
Theuerste discipula!
Zeit ist's, daß ich dich verlass',
Nicht mehr hab' ich ferias.

Doch zum Abschied drückte dir
Auf die linke Ecke hier
Seinen allerschönsten Kuß
Theophilus Sutorius.

Ihr könnt denken, Fedelint, wie sehr ich betrübt war; aber ich verzieh ihm, denn er hatte bei mir ausgelernt und hatte mich den Werth einer höheren wissenschaftlichen Ausbildung so hoch schätzen gelehrt, daß ich es ihm nicht verdenken konnte, wenn er Jemand suchte, der ihm über die neuesten Systeme der Kunst zu küssen Aufschluß geben könnte. Denn wir armen Geschöpfe leben gar zu einsam, um je andere Weisheit zu lernen, als die sich von Mutter zu Tochter fortpflanzt. Ich kehrte also traurig in die Tiefe zurück und lebte ganz im Andenken an den Verlornen; aber von der Zeit an ließ ich mich Undula nennen und trug griechische Kleider. Da erfuhr ich vor einigen Jahren, er habe ein Buch geschrieben, worin er unser ganzes Leben und Treiben klärlich schildert und alle Geheimnisse, die ich ihm anvertraut hatte, bekannt macht. Da verwandelte sich meine Liebe zu ihm in einen glühenden Haß. Zwar hat zum Glück noch kein Mensch an sein Buch geglaubt; es kam ihnen allzu wunderbar vor, wie wahr es auch ist. Aber die Treulosigkeit ist doch dieselbe. – Dabei vergoß Undula einige Thränen, die von den schönen Perlemuttermuscheln aufgefangen wurden, und sich sogleich in Perlen verwandelten.

Ja, fuhr Fedelint auf, das alte Kameel! Und wißt Ihr denn, schöne Weinende, daß er neulich ein Buch geschrieben hat

»Ueber die Nixe Undula« und daß Ihr als eine allegorisch-phantastisch-etymologische Mythe aufzufassen seid? – Ach, seufzte Undula, der Schändliche! Und doch schleicht er hier beständig herum in seinem großblumigen Schlafrock mit der langen Pfeife und in Pantoffeln und ruft nach mir. Denn er möchte Funzifudelchen gern haben und das halbe Reich, und das Buch hat er nur geschrieben, um die Andern irre zu führen. Ich bin schon seit Monden nicht heraufgetaucht und habe das Lied nicht gesungen. Aber heut kam mich eine unwiderstehliche Lust an, den Mondschein zu schaun, und da es schon so weit nach Mitternacht war, glaubt' ich, ich hätte von Sutorius nichts mehr zu befürchten. Da habt Ihr mich denn belauscht, und weil Euer Schlafrock ganz eben so aussieht, wie der des Sutorius, hab' ich wahrhaftig geglaubt, den Verhaßten zu sehen, und Euch die Hörnlein angezaubert, um ihn klassisch zu bestrafen. So wißt Ihr nun, wie Alles gekommen ist.

Sechstes Kapitel.
Fiedler und Student.

Nachdem die Nixe ihre Geschichte beendet hatte, folgte eine kleine Stille. Dann sagte Fedelint und betrachtete traurig seine Mütze, die nun nicht mehr passen wollte: Liebes, schönes Fräulein! Ich weiß nicht, ob ich lachen oder weinen soll. Das Lied kenne ich nun wohl, wodurch ich Funzifudelchen gewinne; aber mit dem Kopfputz wird sie mich doch nimmermehr lieb haben. – Närrchen! lachte die Nixe, das ist das Wenigste. Ja freilich habt Ihr ein bischen Mühsal davon, denn Ihr müßt Euch die Hörner ablaufen; aber ich sag' Euch gut dafür, daß Ihr in der nächsten Mitternacht vor dem Glas-Pavillon steht und dabei, wenn Euch der Kopf friert, wie sonst die Mütze aufhaben werdet.

Das müßt Ihr aber so anstellen. Seht Ihr wohl? da hinter den Bäumen, wo die lichte Stelle ist, dämmert schon der Morgen; sobald es Tag wird, macht Euch auf und streift durch den Wald und seht dabei fleißig nach Eurer Taschenuhr. Denn alle Stunde müßt Ihr die Hörnlein gegen einen Eichstamm stupfen; dann werden sie kleiner. Abends aber, sobald der Mond herauf ist, wird Euch ein braunes Reh begegnen, das noch kein Geweih hat. Eure Hörnlein sind dann schon ganz kurz, kaum eines Daumens stark. Wenn Ihr das Reh seht und sein Rufen hört, sprecht folgenden Vers:

> Rehlein schlank und Rehlein braun,
> Von der allerschönsten Fraun,
> Undula der Wassernix,
> Bring' ich zu dir Gruß und Knix.
> Und sie läßt dir freundlich sagen,
> Dies Geweihlein sollst du tragen.
> Nimm's und hab noch tausend Dank,
> Rehlein braun und Rehlein schlank!

Dann fühlt nach Eurem Kopf, und Ihr werdet der Bürde los und ledig sein. Wißt Ihr aber? wenn Ihr mir was Liebes thun wollt, dieweil ich Euch zu Funzifudelchen verholfen habe, so werft dem Professor Sutorius am hellen Tage die Fenster ein. Und nun Adieu!

Sie steckte Fedelint noch die Taschen seines Schlafrocks mit den beaux-restes der Mahlzeit voll, Alles fein säuberlich in große Blätter gewickelt, und nahm dann Abschied. Einige Geschichtschreiber meinen, die Nix habe ihn noch zu guter Letzt im Küssen examinirt, und er habe ganz glänzend bestanden. Wir können das nicht verbürgen; so viel aber steht fest, daß er zu sich selbst sagte, wie er durch den dämmernden Wald dahinschritt: Es ist doch zuweilen gut, wenn man getrennt ist von seiner Braut und die eine verwunschene Prinzessin ist, daß sie nicht alles sehn kann, was man thut.

Im Wald aber wachten alle Vögel auf und fingen an zu zwitschern und nahmen Besuch an von den Sonnenblitzen, die zu ihnen in die Nestchen kamen. Es war Alles übermüthig und vergnügt, und die Zweige der jungen Buchen konnten es nicht lassen, Fedelint zu necken und ihm das Gesicht zu streicheln, daß er manchmal ganz bitterböse wurde. Dann aber lachte er sich selbst aus und ging die verschlungenen Wege weiter, die Taschenuhr in der Hand, und richtig alle Stunden stupfte er die Hörnlein an einen Eichstamm und sagte bei sich: Mach' ich's doch gerade so gut wie die kleinen Zicklein, und mein Geweih ist erst von gestern! Dabei sang er sich beständig das Lied der Nixe Undula vor, um es nicht zu vergessen. Ei der schändliche Sutorius! brummte er auch mitunter. Ich habe es gleich gemerkt, es mußte so was passirt sein; denn wenn er im Colleg über die Nixa maritima sprach, war er ganz ruhig; nur bei der Nixa aquosa, wozu er die Wildbachnixen zählte, verwirrte er sich jedes Mal. Ja, ja, das war das böse Gewissen! – Und dann riß Fedelint immer ganz ärgerlich eine Knospe oder eine Blume ab, und murmelte so was wie: Pfui, der alte Sünder!

Wie es um Mittag war und er Schlag zwölf Uhr seine Hörnlein abgewetzt hatte, und sie waren schon ganz zierlich und klein, kam er an eine kühle schattige Stelle, wo ein kleiner Brunn rieselte, mit Epheu und Immergrün überrankt. Ei, da willst du Halt machen und essen, sagte er zu sich selbst; denn beim Mittag und Vesper durfte er ruhn, hatte ihm Undula gesagt; sonst mußte er fortwährend laufen, um sich die Hörner abzulaufen. Setzte sich also ganz lustig ins hohe grüne Gras, packte seine Taschen aus und fing an drauf los zu essen. Kaum hatte er eine kleine Weile gegessen, da klang's fern durch den Wald, wie eine Geige,

162

und Einer sang dazu. Zum Kuckuk! dachte Fedelint, ich könnte Stein und Bein schwören, daß das mein Bruder ist. Gerade so machte er das staccato und die Doppelgriffe. – Indem fing die Geige eine neue Melodie an, und ein schöner Tenor sang dazu:

Auf freier, frischer Straßen
Da wandr' ich lustig hin.
Mich freut gar aus der Maßen,
Daß ich ein Fiedler bin.
Hol' ich mein' Fiedel vor,
Da spitzt der Wald sein Ohr;
Die Vöglein in den Zweigen
Die zwitschern mit im Chor.

Am Abend in den Schenken,
Wann klingt die Fiedel mein,
Da thut sich Alles schwenken;
Der Wirth der schenkt mir ein.
Gar stattlich ist sein Bauch;
Sonst dreht' er sich wohl auch.
Die Zeche steht im Schornstein;
Da löscht sie aus der Rauch.

Will mich ein Harm beschleichen,
Ich weiß wohl, was ich thu';
Ein Liedlein thu' ich streichen
Und sing' mir eins dazu.
Gleich hat der flinke Takt
Die Beine mir gepackt;
Ich muß dazu auch tanzen,
Und fort ist, was mich zwackt.

Das Lied war kaum zu Ende, so trat der Musikant aus den Bäumen hervor und stand vor Fedelint. Beide sahen sich groß an. Bruder, schrie endlich Fedelint, was hast du für einen hübschen Bart gekriegt! – Bruder, schrie der Andere halb erschrocken, was hast du für abscheuliche Hörnlein! – Ach stoß dich nicht dran! sagte Fedelint wieder, ich hab' sie mir bald abgelaufen. Er schloß den verwunderten Bruder ans Herz, und nachdem sie sich fröhlich geküßt hatten, zog der Student den Fiedler ins Gras nieder, nöthigte ihn mitzuessen und erzählte ihm seine ganze Geschichte. Und wo bist du denn herumgewesen, Franz? schloß er. Da kamen nun bunte, wunderseltsame Historien zum Vorschein. Zu allerletzt war Franz an eines Königs Hof gewesen, hatte sich sterblich in die Prinzessin verliebt und ihr mit seiner Musik auch das Herz gestohlen. Sie waren nun schon ganz glücklich und hatten sich verabredet, Franz solle am folgenden Tage Visite beim alten König machen und um die Hand seiner Tochter sich bewerben; da bekam der Premier-Minister Wind davon und ließ in einer schönen Nacht Franz aufheben und mit zwei Gendarmen über die Grenze bringen. Ach! seufzte Franz und sah die zwei schönen Sardellen auf dem Brödchen, das er eben in der Hand hielt, mit feuchtem Blick an – wie soll ich sie je vergessen?

Junge, rief Fedelint, nimmermehr sollst du sie vergessen! Siehst du wohl? wenn ich Funzifudelchen und das halbe Reich habe, bist du geborner Prinz von Geblüt; da wird der Alte schon klein beigeben.

Juchhe! schrie Franz, aß geschwind die Sardellen auf, that einen prächtigen Luftsprung und fiedelte drauf los, daß es nur so jubelte, und er und Fedelint tanzten und sangen dabei:

> Will mich ein Harm beschleichen,
> Ich weiß wohl, was ich thu';
> Ein Liedlein thu' ich streichen
> Und sing' mir eins dazu.
> Gleich hat der flinke Takt

Die Beine mir gepackt;
Ich muß dazu auch tanzen,
Und fort ist, was mich zwackt.

Hör' auf, Franz! schrie Fedelint, mir geht der Athem aus.
– Der aber strich noch eine Weile fort; dann schloß er mit
einem langen, köstlichen Triller und sagte: Hör', Fedelint,
du mußt mir das Lied der Nixe vorsingen. Wenn du heut
um Mitternacht die Serenade bringst, geh' ich mit und
begleite dich auf der Geige; das wird sich besser machen, als
wenn du mit deinem dünnen Bariton allein dich hören
lässest. – Bravo! sagte Fedelint. Aber erst will ich meine
Hörnlein an den Stamm da stupfen, es ist wahrhaftig schon
fünf Minuten über Ein Uhr. Und damit butzte er den Kopf
an die Eiche, unter der sie gespeis't hatten, daß Franz vor
Lachen sich die Seiten hielt. Dann fing Fedelint an und sang
Undula's Lied, und Franz strich die Fiedel dazu, und ich
wollte selbst, ich wäre dabei gewesen.

Siebentes Kapitel.
Wie Fedelint an den Unrechten kommt.

Sie waren nun den ganzen Tag im Forst herumgeirrt, und
Fedelints Hörnlein hatten mehr und mehr abgenommen,
daß er sie schon hätte mit den braunen Locken bedecken
können. Da ging der volle Mond in großem Glanze am
Horizonte auf, und sie sahen von einem Hügel, den sie
erklimmten, das zauberhafte Schauspiel seelensvergnügt mit
an. Jetzt ist die rechte Zeit! jauchzte Fedelint; still, Franz!
war dir's nicht auch, als hörtest du da geradezu das Reh
rufen? – Ja, sagte Franz, es rief was; aber ob's von einem Reh
war, will ich nicht beschwören. – Indem hatte der
stürmische Fedelint den Bruder schon mit fortgezogen.

165

Siehst du? Siehst du? der braune Fleck da? raunte er ihm zu.
– Ja ja, erwiederte Franz, ein brauner Fleck ist's; aber ob's
ein Reh ist, will ich nicht beschwören. Fedelint aber hörte
nicht, sondern stand schon steif und fest da, räusperte sich
und hob mit lauter Stimme an:

> Rehlein schlank und Rehlein braun,
> Von der allerschönsten Fraun,
> Undula der Wassernix,
> Bring' ich zu dir Gruß und Knix.
>
> Und sie läßt dir freundlich sagen,
> Dies Geweihlein sollst du tragen.
> Nimm's und hab' noch tausend Dank,
> Rehlein braun und Rehlein schlank!

Ach Herr Jesus, Herr Jesus, mein Kopf! schrie da auf
einmal ein Mensch. – Horch, Fedelint, sprach Franz, da hast
du einmal was Dummes gemacht! Dacht' ich's doch gleich. –
Sie schlüpften eilig durch die Sträucher und zu dem Orte
hin, von wo die Stimme erschollen war, und da sahn sie die
Bescherung. Der alte verrückte Kapellmeister lief wie
unsinnig in seinem braunen Schlafrock zwischen den
Bäumen herum, faßte sich jammernd und wehklagend nach
dem Kopf, wo richtig Fedelints Hörnlein saßen, und auf dem
Platz, wo er gesessen hatte, lag der große dicke
Bassistenkönig, der Waldteufel mit dem Bilde Muffels des
Ersten auf der Brust. In demselben Augenblick trat das Reh,
dem das Geweih bestimmt gewesen, aus den Schatten
hervor, sah sich die Gesellschaft verlegen an und nahm
dann hastig Reißaus ins Dickicht hinein.

Aber lieber alter verrückter Kapellmeister! wie kommt Ihr
denn hierher? rief Fedelint. Und was in aller Welt habt Ihr
mit dem Waldteufel vorgehabt? – Der Alte sah sie Beide mit
starrem Blick an. Plötzlich sprang er wie unsinnig auf den

Waldteufel los, faßte ihn und rief: Wollt Ihr mir noch hinter mein Geheimniß kommen, wie Ihr mir den Schabernack mit den Hörnern angethan habt? Ihr Teufelssakkermenter! – Und damit rannte er so eilig fort, daß ihm der braune Schlafrock wie eine Fahne nachwehte und die Beiden versteinert dastanden.

Ein alter Jägersmann trat schlau lächelnd zu ihnen. Mit dem ist's nicht richtig, Ihr Herren, fing er an. Denkt nur! gestern Nacht, ich hatte eben meine Büchse in die Ecke gestellt, und will mich hinlegen und schlafen, da geschieht plötzlich ein gewaltiges Brausen durch die Luft, daß mir altem Jäger ordentlich bange wird, und wie ich den Kopf aus meiner Hütte stecke, sehe ich ein ganz Heer von Waldteufeln herangeflogen kommen, und hinterdrein jagt das kleine dürre Männchen, das Ihr eben gesehen habt, und schreit, was es nur kann: Halt' doch still, Nixe! halt' doch still! Wirklich kriegt er den einen zu fassen, stolpert aber über eine Baumwurzel und fällt längelangs zur Erde. Wie er sich wieder aufgerappelt hatte, waren die andern alle verschwunden; der eine Waldteufel aber lag ganz zerknittert neben ihm. Im Nu hatte er ihn in der Hand und rief jubelnd: Hab' ich dich endlich! Hab' ich dich! Dann setzte er sich auf einen gefällten Baumstamm und besah ihn von hinten und vorn. Ganz verstimmt! brummte er ärgerlich, bog die Pappe wieder gerade, zog so ein Ding wie eine Gabel aus der Tasche, hielt sie vors Ohr und drehte dann den Waldteufel. Es ist wirklich Fis dur geworden, sagte er vor sich hin. Das wird Mühe kosten, ihn wieder auf C moll zu bringen! – Und nun saß er die ganze Nacht und den ganzen vergangenen Tag auf demselben Fleck, machte die Roßhaare bald kürzer, bald länger und hielt immer von Zeit zu Zeit die Gabel vors Ohr, die ganz wunderlich klang. Mich dauerte der arme Mensch; ich trat am Ende zu ihm und brachte ihm ein Stück Brod und einen Käse. Er sah erschrocken auf, versteckte den Waldteufel rasch, nahm aber die Speisen kopfnickend an, ohne ein Wort zu sprechen. Sobald ich fort war und er aufgegessen hatte, was ich ihm brachte, fing er wieder von vorn an zu spielen und die Gabel vors Ohr zu halten, und das hat er getrieben, bis Ihr kamt. Wißt Ihr mir vielleicht zu sagen, wer er ist, meine Herren?

Es ist der alte verrückte Kapellmeister aus der Stadt, sagte Fedelint. Weiß der liebe Himmel, was er wieder für Schrullen im Kopf hat! Aber wollt Ihr wohl so gut sein, Herr Jäger, uns nach der Stadt zu weisen? – Von Herzen gern, sagte der Jäger; ich will ohnedies sehen, ob noch ein Laden offen ist, um mir etwas Pulver zu kaufen.

Und so schritten die Drei in wechselnden Gesprächen durch die monddämmerigen Laubgänge der Stadt zu.

Achtes Kapitel.
Wie das Märchen von Fedelint und Funzifudelchen ein fröhliches Ende nimmt.

Im Glas-Pavillon sah's in dieser Nacht wie alle Nächte aus. Funzifudelchen hatte französische Stunde und mußte aus dem Charles XII. übersetzen, den ihr der Lehrer vorlas. Der alte König saß mit seinem lieben Rapudänzelchen dabei und hörte zu, obgleich sie Beide eigentlich kein Französisch verstanden. Sie thaten aber doch so, denn es war Mode, und der König stieß alle Augenblicke seine Gemahlin an und sagte: Hör', wie unser Kind viel weiß! es geht ja wie Wasser. – Der Lehrer zupfte dann an den Vatermördern, machte ein wichtiges Gesicht und sagte: Es mag auch wohl am Lehrer liegen, Majestät. Bei jedem Andern hätte Fräulein Prinzessin Tochter Königliche Hoheit nicht so viel gelernt, trotz ihrer qualités excellentes; aber meine Verdienste um die französische Sprache sind von der Pariser Akademie – –

Schnurrurrurrurrrrrrr … ging es unten auf der Straße los. Ah mon Dieu! rief Funzifudelchen, welch ein gräulicher Lärm! Der König stürzte zum Fenster und sah draußen den alten verrückten Kapellmeister stehn und mit wahrem Feuereifer den großen Waldteufel schwingen. Der Mond beleuchtete gerade die Hörnlein, die aus dem langen weißen Haar hervorschauten; aber das dürre Figürchen stak in einem feierlichen schwarzen Anzug, um den Hals war eine schlohweiße Binde geknüpft, und ein großmächtiger Blumenstrauß saß im Knopfloch, als ging's zur Hochzeit. Indem der König eben nach seiner Börse griff, um dem alten Musikanten einen Groschen hinabzuwerfen und ihn fortzuschicken, kam schon die Wache und nahm den alten verrückten Kapellmeister trotz alles Sträubens und Schreiens: es wäre das Lied der Nixe Undula, und ganz richtig nach C moll gestimmt! mit sich fort.

Daß man doch nie vor Störungen sicher ist! sagte Muffel der Erste ganz ärgerlich und setzte sich wieder. Bitte, Herr Beaumarchais, fahren Sie fort. – Die Prinzessin war ein wenig unruhig und zerstreut. Da klang's vom nahen Kirchthurm Mitternacht, und unter dem Fenster fing eine wunderliebliche Melodie an; eine Geige spielte einige reizende Passagen, dann sang ein zarter Bariton folgendes Lied:

> Dein Herzlein mild,
> Du liebes Bild,
> Das ist noch nicht erglommen;
> Und drinnen ruht
> Verträumte Glut,
> Wird bald zu Tage kommen.
>
> Es hat die Nacht
> Einen Thau gebracht
> Den Blumen all im Walde,

Und Morgens drauf
Da blüht's zuhauf
Und duftet durch die Halde.

Die Liebe sacht
Hat über Nacht
Dir Thau ins Herz gegossen,
Und Morgens dann,
Man sieht dir's an,
Das Knösplein ist erschlossen!

Ach Himmel! rief die Prinzessin, was ist das? Ich *sehe*! Ich *sehe*! Ach Herr Beaumarchais, was haben Sie für große Vatermörder! Ach lieber Vater, liebe Mutter! – Und damit fiel sie den erstaunten Eltern um den Hals und hätte beinah auch Herrn Beaumarchais umarmt. Der aber machte einen respektvollen Diener und sagte: Entschuldigen Sie, Königliche Hoheit! das wäre ein Verstoß gegen die Regel der französischen Etiquette. Muffel der Erste aber und Rapudanzia fielen wechselsweise sich und Funzifudelchen in die Arme und lachten und weinten. Da klopfte es an die Thür. Herein! Herein! riefen Alle miteinander, und da ging die Thür auf und Fedelint trat ein. Ach, schrie Funzifudelchen ganz laut, was für ein schöner Mensch! – und darauf wurde sie ganz roth und schwieg stille. Der König aber trat zu Fedelint und sagte: Junger Mann, seid Ihr der Sänger? Und als Fedelint in wortlosem Entzücken dastand, trat geschwind Einer mit einer Fiedel hinter der Thür hervor und sagte: Ja, Majestät, das ist er, und mein Bruder auch, und ich schmeichle mir nun geborner Prinz von Geblüt zu werden. – Donnerwetter, das sollt Ihr! sagte der König, umarmte erst Fedelint und dann Franz, führte darauf den noch immer stummen Studenten seiner Tochter zu und sagte: Da habt Ihr Euch, Kinderchen!

Meine Feder vermag die nun folgenden Stunden nicht

würdig zu schildern. Was aber weiter sich zugetragen, wird
Jeder aus der Weltgeschichte schon wissen, in der König
Fedelint und König Franz eine so bedeutende Rolle spielen.
Nur einige Detail-Notizen sollen gegeben werden, die
ungerechter Weise von den Historiographen nicht
angeführt worden sind.

Daß Fedelint keinen seiner alten Freunde vergaß, braucht
wohl kaum erwähnt zu werden. Der alte verrückte
Kapellmeister verstarb noch in selbiger Nacht; sonst hätte
sich der junge König seiner gewiß ganz besonders
angenommen. Vor allen Dingen bezahlte dieser seine
Schulden, und zwar doppelt und dreifach, und gab allen
Studenten in seinem Reich, als seinen ehemaligen Genossen,
einen famosen Wein-Commerce und sechs Monate Ferien.
Seine alte Wirthin aber, die Schneidersfrau, wurde zur Hof-
Thee-Köchin ernannt und bekam ein ganz unglaublich
hohes Gehalt, denn sie hatte dem weiland Studenten viel
Gutes erwiesen.

Allen Nachtwächtern und Pedellen, die ihn so oft ins
Carcer gebracht hatten, verzieh Fedelint aufrichtig,
versprach ihnen sogar Beförderung und schenkte Jedem
einen Fedelintd'or. Einem aber konnte er nicht verzeihen,
und das war der Professor Theophilus Sutorius. Bei der
Hochzeit ließ er vor dem Stadtthor ein großes Schauspiel
vorstellen, und dem mußten bei Strafe alle Bürger ohne
Ausnahme beiwohnen. Als es nun eben recht im Gange
war, verließ Fedelint die Loge, ging in die menschenleere
Stadt zurück und warf dem Professor alle Fensterscheiben
ein, und zwar mit harten Thalern, damit er sie wieder
machen lassen könne. Der letzte Thaler aber war in einen
Zettel gewickelt, darauf stand:

> Weil du Undula betrogst
> Und die ganze Welt belogst,
> Hast du's selbst auf dem Gewissen,

Sind die Fenster dir zerschmissen.
Bessre dich und kehr noch um!
Sonst nimmt Fedelint es krumm.
Dieses droh' ich dir zum Schluß,
Theophilus Sutorius!

Ob der Professor sich diesen schönen Vers wirklich zu
Herzen genommen hat, weiß ich nicht zu sagen. Fedelint
aber und Funzifudelchen lebten in einer sehr glücklichen
Ehe; und wenn ja einmal eine kleine Verstimmung eintrat,
schrieb Fedelint ein Billet an seinen Bruder, dessen
Königreich dem seinen benachbart war, und der ließ
anspannen und fuhr mit seiner Gemahlin herüber. Wenn er
dann da war, ging er zu den schmollenden Eheleutchen, zog
die Fiedel hervor und spielte und sang:

Will mich ein Harm beschleichen,
Ich weiß wohl, was ich thu';
Ein Liedlein thu' ich streichen,
Und sing' mir eins dazu.

Gleich hat der flinke Takt
Die Beine mir gepackt;
Ich muß dazu auch tanzen,
Und fort ist, was mich zwackt.

Und da fingen Fedelint und Funzifudelchen auch an zu
tanzen und tanzten einander in die Arme, und dann war
Alles vorbei, und diese Geschichte auch.

Epilog.

Ein Krämer und ein Schneider
Die kamen zur Lorelei,
Zwei fromme, verständige Seelen,
Und war noch ein Dritter dabei.

Der Krämer hub an zu sprechen:
Ich habe viel sagen gehört,
Es säß' eine Hexe dadroben,
Die singend die Schiffer bethört.

Es spielt die liebe Sonne
Um Fels und Ufer so klar,
Und wär's mit der Hexe richtig,
Wir würden sie jetzt gewahr.

Der Schneider sprach: Einst hab' ich
So manches Meßgewand
Zu Cölln für die Priester geschneidert;
Die klärten mir auf den Verstand.

Die Mähr von der singenden Lore
Ist eitel Lug und Wahn,
Vom leidigen Teufel ersonnen,
Die armen Seelen zu fahn. –

Der Dritte ging daneben,
Sah staunend hoch empor,
Dann in die Brandung nieder
Und horchte mit halbem Ohr.

Wehmüthig blickt' er auf Jene,
Sang leise vor sich hin:

»Ich weiß nicht, was soll es bedeuten,
Daß ich so traurig bin!«

———————————————————————

Druck von *Gustav Schade*, Oranienburgerstr. 27.

———————————————————————

In demselben Verlage sind erschienen und besonders als
geeignete Festgeschenke
zu empfehlen:

Lebrecht Dreves
Gedichte.
Herausgegeben von *Joseph Freiherrn von Eichendorff*.
Vollständige Ausgabe mit dem Bildnis des Dichters.
16. eleg. carton. 2 Thlr.

Wenn wir heutzutage aus den Staubwirbeln der
Parteiungen plötzlich in's Freie hinaustreten, so
überrascht, ja erschreckt es uns fast, wie die Natur
draußen in unberührter Keuschheit den ihr von
Gott gemessenen Gang ruhig fortgeht. Die Blumen
und Bäume blühen, als wäre nichts geschehen, die
Wipfel rauschen ihr uraltes Lied und wir ahnen
den Gottesfrieden, von dem die Wälder und Ströme
träumerisch reden. Einen ähnlichen erfrischenden
Eindruck machen die nachstehenden Lieder in
dieser Zeit. Mögen sie, wie frühzeitige Lerchen, den
neuen   Frühling   anbrechen   und   dem
liebenswürdigen Dichter auf seiner Wanderschaft
noch viele freundliche Gesellen werben!

⌦

Emmanuel Geibel, *Gedichte*. 17te (Miniatur-) Auflage. 16.
geh. 1 Thlr. 24 Sgr. In engl. Einband mit Goldschnitt.
2¼ Thlr.

– – Volkslieder und Romanzen der Spanier. Im Versmaaße
des Originals verdeutscht 12. geh. 1½ Thlr.

Hartmann von der Aue, Iwein mit dem Löwen. Eine
Erzählung. Uebersetzt und erläutert von *Wolff Grafen
von Baudissin*. 8. geh. 1½ Thlr.

Hertz, Henrik, König René's Tochter. Lyrisches Drama. Aus dem Dänischen, unter Mitwirkung des Verfassers von Fr. Bresemann. gr. 8. geh. ½ Thlr.

Dasselbe. **Zweite** (Miniatur-) **Auflage**. 16. geh. ⁴/₁₅ Thlr.

Kopisch, A., Allerlei Geister. Mährchenlieder, Sagen und Schwänke. 16. geh. 1⅕ Thlr.

– –, Gedichte. 12. geh. 1¾ Thlr.

Lepel, Bernhard von, Lieder aus Rom. 8. geh. 1 Thlr.

– –, An Humboldt. Ode. gr. 8 geh. ¾ Thlr.

Lewald, Fanny, (Verfasserin der Clementine und Jenny) Italienisches Bilderbuch. 2 Theile. 8. geh. 3¾ Thlr.

Moraju, L. von, (Dr. L. Loehner) Gedichte. 8. geh. 1½ Thlr.

Das Nibelungen-Lied, or Lay of the last Nibelungers translated into english verse after Professor Carl Lachmann's collated and corrected text by *Jonathan Birch.*

Ausgabe No. I. Lex. 8. geh. 2½ Thlr.
Ausgabe No. II. gr. 8. geh. 2 Thlr.

Niendorf, Emma von, Aus der Gegenwart. 8. eleg. geh. 1 Thlr.

Stunden, Ernste, Andachtsbuch für Frauen von einer Frau. (Zum Besten des Elisabeth-Kinder-Hospitals.) 12. geh. ½ Thlr.

Kletke's neuer Kinderfreund. Mit vielen Vignetten und Zeichnungen von Th. Hosemann und L. Richter. 2 Theile. gr. 8. eleg. cart. à Bd. 1½ Thlr.

Thekla von Gumpert, Die Badereise der Tante. 8. In col. Umschlag geh. ½ Thlr.

– –, Mein ersten weißes Haar. Mit Titelkupfer. 8. eleg. geh. ⁵/₁₂ Thlr.

– –, Der kleine Vater und das Enkelkind. 8. cart. 1 Thlr.

– –, Erzählungen für Kinder. 8. cart. 1½ Thlr.

– –, Gott in der Natur. Hymnen für Kinder. Illustrirt von L. Richter. 8. geh. ⅔ Thlr.

Den Käufern des »*Stummen Kindes*« derselben Verfasserin besonders zu empfehlen!

Gräfin Germanie, Der kleine Don Quixote. Mit 4 Bildern von Th. Hosemann. 8. eleg. geb. ⅚ Thlr.

– –, Robinson's Enkelin, deutsch von Thekla von Gumpert. Mit 6 Bild. eleg. geh. 1 Thlr. schön geb. 1½ Thlr.

Diese beiden Bücher haben bei der jungen Lesewelt ein wohlverdientes Aufsehen erregt.

Karl Eitner, Die Abenteuer in der Weihnachtskrippe. Mit Titelkupfer. 8. eleg. geb. 1⅙ Thlr.

Ein anerkannt vortreffliches, das jugendliche Gemüth überaus ansprechendes Buch.